CW01369970

Erste Auflage 2024

Satz und Herausgabe:
Carma Conrad

Dieser Titel ist auch als
E-Book erschienen.
Alle Rechte vorbehalten.
Copyright © 2024
ISBN: 978-3-7693-1833-3

Verlag: BoD · Books on Demand GmbH,
In de Tarpen 42, 22848 Norderstedt
Druck: Libri Plureos GmbH, Friedensallee 273,
22763 Hamburg

Carma Conrad

Oma Thiel

Jetzt wird aufgeräumt

Buch 3

Prolog

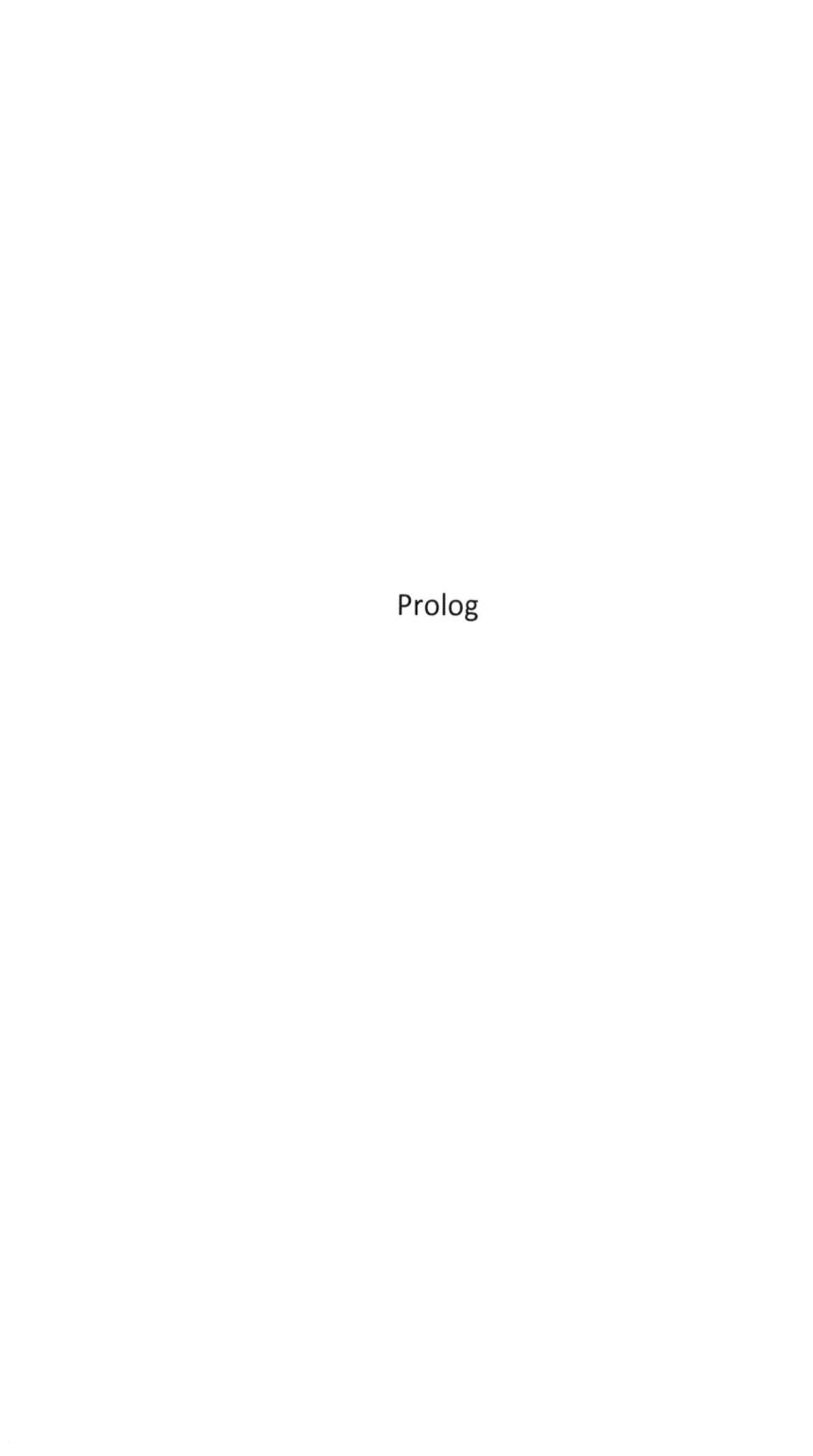

Die Alten sagen:

„Je älter ich werde,
desto mehr erkenne ich,
dass ich keine Lust mehr
auf Stress,
Konflikte und Dramen habe.
Ich brauche gutes Essen,
viel Schlaf und Menschen,
die mich so mögen,
wie ich bin, basta!"

Kurze Anmerkung.
Jedes Buch kann einzeln gelesen werden.
Trotzdem wird empfohlen mit Buch eins
anzufangen, weil man die Charaktere
besser kennenlernt. Manchmal, so wie
auch in dieser Geschichte befinden sich
die Herrschaften in Afrika.

Afrika

Gott, was war das noch schön mit meinen Freunden, Oma Thiels 77. Geburtstag zu feiern.

Wer wir sind:

Oma Thiel heißt Elfriede,
Die Kinder von Oma Thiel sind Manfred, Kai, und Betty.
Ihr frisch vermählter Ehemann heißt: Werner Thiel, geborener Spinner. Die Kinder von Werner sind Mike, Kathi mit ihrem Sohn Nico und Ole ihrem Freund. Heinz wohnt in der Souterrainwohnung, bei Elfriede im Haus und Else ist ihre Mitbewohnerin.
Ich bin die gute Seele der älteren Herrschaften und heiße Conny.

Oma Thiel war von Werner in die Flitterwochen eingeladen worden. Vier Wochen in Afrika ausharren.

Weil sie auch noch Geburtstag hatte,
nahm er Else und Heinz einfach mit. Kai
und sein Mann Ulli, Werners Sohn, Mike
und ich sind kurzentschlossen
nachgereist,
um mit Oma Thiel ihre 77 Jahre zu
feiern. Es war eine Überraschung, die
uns gelungen war.

Die Feier ging noch bis in die
Morgenstunden, bevor wir alle selig ins
Bett gefallen sind. Wir hatten sogar alle
getanzt. Else hatte auch mit Heinz
engumschlungen getanzt. Heinz war
glücklich darüber.
Am nächsten Morgen hatten wir eine
Tour zu den Pinguinen an den Boulders
Beach geplant.
Alle waren wir pünktlich beim
Frühstück. Zwar mit einem Kater, oder
dicken Kopf,
aber immerhin kam sogar Else frisch
angezogen, mit einer Art Pinguin Hose.
‚Wo sie die nur wieder her hatte,‘ dachte
Oma Thiel. Die Hose war an den Seiten
mit Knöpfen gefestigt. Wenn man es
losknöpft, hatte man kleine Flügel. Dann
sah es aus wie eine Flügelhose.

Ich dachte nur: *‚Das würde ich nicht mal zu Karneval anziehen, aber Else kann ja alles tragen.'*

Der Ranger half uns in den großen Jeep. Er hatte weiße Zähne, weiße Augen, weißes Haar.
Ansonsten war alles schwarz.
Als er Else sah und sie ihn anschmachtete, lächelte er sie höflich an und sagte: „Madam." Hielt ihr die Hand hin und als Else nicht gleich hochkam, weil der Eingang des Jeeps ziemlich hoch war, hob er sie kurzerhand hoch. Ein „Huch," kam über ihre Lippen. Sie strahlte ihn an, wie eine fünfzehnjährige. Heinz war sauer, weil er das auch hätte machen können.
Else saß so, dass der Fahrer sie im Rückspiegel beobachten konnte. Sie bemerkte es und fühlte sich geschmeichelt.
Bei den Pinguinen knöpfte sie ihre Hosenbeine auf und benahm sich anschließend auch wie einer. Die Pinguine selbst waren nicht mehr wichtig. Else war die Attraktion.

Ein Bus, voll mit Chinesen, die gerade ausstiegen, fotografierten nur sie. Der Ranger lachte sich kaputt, wir nicht. Es war wie immer peinlich mit Else. Wir taten dann so, als kannten wir diese Dame nicht. Die anderen tuschelten schon. Wir schauten in die andere Richtung. Wir gingen auch in die andere Richtung, weil Heinz Durst hatte und es am Kiosk wohl Bier gab.

Wir anderen gingen mit, weil wir uns Wasser holen wollten. Nur Else unterhielt sich mit den Pinguinen, als wäre sie eine von ihnen. Der Ranger beobachtete sie weiterhin, damit nichts passierte.

Dann ging sie auch wieder ihm zurück. Er gab ihr einen Zettel mit seiner Adresse und erklärte ihr, dass er dort wohne und mit ihr Liebe machen möchte. Else verstand nur ‚Love.' Das hieß Liebe. ‚Oh, er liebt mich,' dachte Else und versprach um 22:00 Uhr zu kommen. Er hielt zweimal die zwei Finger hoch und zeigte auf seine Armbanduhr. Und Taxi verstand sie auch noch.

Für Else war klar, sie sollte dem Taxifahrer um 22:00 Uhr diesen Zettel geben und zu ihm nach Hause fahren, da will er ihr seine Liebe gestehen. Deshalb sagte sie zu dem Ranger: „Okay."
Er strahlte. Er legte noch seinen Zeigefinger auf seine Lippen. Auch das verstand Else, dass sie den andern nichts sagen sollte. Wieder sagte sie: „Okay." Dann gingen sie zu den anderen. Die Hose hatte Else wieder an den Seiten fest geknöpft.
Jetzt sah es nicht mehr ganz so schlimm aus.
Sie bestellte sich ein Bier und Heinz holte es. Dabei brachte er sich gleich noch ein zweites Bier mit. Mit den Worten: „Da ist ja nichts drin," setze er die Flasche an und trank sie halb leer. Auch Else hatte einen schönen Zug. Da blieb auch nicht mehr viel in der Flasche.
Sie besichtigten noch so einiges und um 17:30 Uhr setzte der Ranger die Herrschaften zufrieden am Hotel ab. Mit einem Thank you verabschiedete er sich.

Zu Else machte er ein Knipsauge.
Während die anderen duschten, ging
Else ins Schwimmbad und in die Sauna.
Ihr taten die Knochen weh, vom vielen
Laufen. Das ist nichts für sie. Da ist sie
lieber mit ihrem Scooter unterwegs,
aber der ist ja in Deutschland.
Die Sauna war leer und sie legte sich
nach oben. Kaum lag sie, kam ein Mann
herein. Auch aus Deutschland. Er
plapperte gleich drauf los. Else wollte
ihre Ruhe haben und antworte nicht.
Dann legte er erst richtig los:
„Sie haben noch eine gute Figur für ihr
Alter," schleimte er. Else dachte:
„Der weiß doch gar nicht, wie alt ich bin
und wieso für ihr Alter?"
„Darf ich sie zum Drink einladen, wir
zwei ganz allein," gurrte er weiter.
Else antworte jetzt doch:
„Ich wusste gar nicht, dass man hier die
Aufgüsse mit Schleim macht. Aber sie
haben mich eines Besseren belehrt.
Danke dafür, dann ist das nichts für
mich."
Stand auf und verließ die Sauna, ohne
die Tür zu schließen.

Sie zog sich ihren Badeanzug an und schwamm ein paar Runden. Dann hörte sie ihren Namen.
Heinz hatte sie schon überall gesucht. Sie hätte doch mal sagen können, dass sie schwimmen gehen wollte, dann wäre er gleich mitgekommen.
Else war genervt. Sie wollte nur einmal ihre Ruhe haben. Sie schwamm ihre Bahnen. Immer, wenn Heinz es endlich geschafft hatte aufzuholen, schwamm sie wieder los.
Anschließend nahm sie ihren Bademantel und fuhr mit dem Aufzug bis zu ihrer Etage. Dort duschte sie und machte sich schick. Sie zog ihr grün/blaues, enges Kleid an, das damals schon wie ein Bluterguss aussah. Als sie gerade gehen wollte,
kam Heinz rein. Als er sie in diesem Aufzug sah, fragte er: „Wo willst du denn hin?"
„Zum Abendessen.", bekam er zur Antwort.
„Jetzt schon?"
„Ja, ich gehe noch an die Bar, einen Cocktail trinken."

„Darf ich gleich nachkommen, oder möchtest du allein sein?", fragte er höflich nach.

Das tat Else schon wieder leid, deshalb meinte sie: „Klar, ich würde mich freuen." Sie verschwand durch die Tür. Heinz freute sich, dass Else nichts dagegen hatte, dass er gleich nachkommen darf.

Er beeilte sich und zog seine neuen Klamotten an, die er damals mit Else gekauft hatte.

Das Hemd von Camp David und seine neue Jeans. Die Haare ein bisschen nach hinten gegelt. Rasierwasser drauf und los.

Else hatte sich einen Mojito (Mixgetränk aus weißem Rum, Limettensaft, Minze und Rohrzucker) bestellt. Als sie Heinz sah, freute sie sich wirklich, dass er so gut aussah und so angenehm roch. Sie begrüßte ihn sogar mit einem Küsschen.

Heinz bestellte sich einen Cuba Libre. (Rum mit Cola).

Sie waren die einzigen Gäste. Sie lachten und verstanden sich wie immer, großartig.

Dann kam der Mann, den Else aus der Sauna kannte, sah sie und drehte sofort um und verließ die Bar, ohne ein Wort zu sagen. Else erzählte Heinz die Geschichte.

Nach einem weiteren alkoholischen Getränk gingen beide zum Abendbrot. Als sie eingehakt und mit bester Laune in den Speisesaal kamen, schubste mich Oma Thiel an. Wir freuten uns mit den Beiden.

„Vielleicht merkt Else ja doch irgendwann, dass Heinz gar nicht so schlecht ist," sagte ich leise zu Oma Thiel ins Ohr.

Nach dem Abendbrot gingen die Frauen noch sparzieren. Die Männer hatte keine Lust und gingen zum Karten spielen in die Suite von Elfriede und Werner. Else erzählte uns, dass sie noch eine Einladung hatte und zeigte uns den Zettel. Oma Thiel redete auf Else ein, wie auf einen lahmen Gaul, während ich den Zettel mit meinem Handy abfotografierte.

Sie war nicht davon abzubringen und stieg so gegen 21:30 Uhr in ein Taxi.

Als wir in die Suite zurückkamen, fragte Heinz gleich nach Else.
Wir mochten es ihm das gar nicht erzählen und deshalb meinten wir, sie ist noch sparzieren und will dann früh ins Bett. Während wir das erzählten, waren unsere Finger hinter unserem Rücken über Kreuz.

*

O*kay*

Else gab dem Taxifahrer die Adresse. Der schaute auf den Zettel, dann zu ihr, dann wieder auf dem Zettel. Dann sagte er etwas, das Else nicht verstand. Sie sagte „Okay."
Das Taxi fuhr in eine einsame Gegend, raus aus der Stadt. Die Häuser wurden immer weniger, die Wege waren nur noch aus Staub. Else dachte:

‚Hoffentlich wird mein Kleid nicht so schmutzig.' Dann hielt das Taxi. Der Taxifahrer fragte wieder etwas, das Else nicht verstand.
Sie gab ihm Geld, zu viel Geld, er gab ihr etwas zurück. Es war 21:50 Uhr.
‚Vielleicht ist er ja noch gar nicht da?', dachte Else. Sie ging zur Hütte, auf die der Taxifahrer zeigte. Sie wollte klingeln, aber es gab keine Klingel. Sie wusste nicht, wo sie klopfen sollte. Dann hupte der Taxifahrer.
Der weißhaarige Ranger kam raus. Wechselte ein paar Worte mit dem Taxifahrer und ging dann ins Haus.
Das Taxi fuhr weg. In der Hütte sah alles spärlich aus. Ein Stuhl aus Plastik stand da. Eine Plastikplane war auf dem Boden ausgebreitet. In einer Ecke lag eine Matratze. Die Wolldecke, die schon bessere Tage gesehen hatte, weil sie voller Löcher war, zierte die Matratze. Ein Ofen, der mit Holz zu heizen war, war das Prachtstück des Zimmers. Ein paar Töpfe und eine Pfanne hingen an der Wand. Sonst nichts.
Else fragte:

„Wo befindet sich denn das Badezimmer, ich würde mich gerne etwas frisch machen." Der Ranger verstand nichts.
Daraufhin kniff Else die Beine zusammen, um zu demonstrieren, dass sie einmal Pipi muss.
Der Ranger verstand jetzt und führte Else aus dem Haus. Dann ging er durch Gestrüpp und blieb stehen. Er zeigte auf ein Loch im Boden. Else musste jetzt nicht mehr. Sie wollte nach Hause. Sie fühlte sich nicht wohl. Sie war auch völlig overdressed angezogen. Als sie wieder im Haus waren, nahm er sie zärtlich in die Arme und küsste sie voller Leidenschaft. *‚Gott, was kann der gut küssen,'* dachte Else. Jetzt küsste er ihren Hals, ihre Ohrläppchen.
Er zog einen Träger über ihre Schultern. Else wurde schummrig, bei so viel Leidenschaft. Sie vergaß alles um sich herum. Sie fielen auf die Matratze und schliefen miteinander. Als sie das dritte Mal miteinander schliefen, hupfte ein Auto. Der Taxifahrer wollte Else wieder abholen.

Es war mittlerweile 04:00 Uhr morgens. Else konnte nicht mehr laufen. Ihr tat alles weh.
Im Taxi dachte sie nach:
‚der Sex war zwar ganz nett, aber auf Dauer wäre das auch zu viel. Und seine Wohnverhältnisse, alles so arm.
Sie wollte doch einen reichen Mann. Dann die Toilette, ein Loch im Boden. Wie soll sie sich denn da hinhocken, wenn sie mal muss.
Da kommt sie doch nie wieder hoch, nein. Das geht alles nicht, schade.‘
Das Taxi hielt vor dem Hotel. Else bezahlte und ging rein. Heinz kam ihr schon entgegengelaufen: „Wo warst du denn? Ich habe mir Sorgen gemacht. Mensch Else, ich bin bald verrückt geworden, vor Sorge. Wie gehst du denn, bist Du verletzt?"
Else wollte Heinz auf keinen Fall erzählen, wo sie war, also schwindelte sie:
„Ich bin sparzieren gegangen und dabei habe ich mich verlaufen. Jetzt kann ich nicht mehr.
Ich gehe nie wieder auch nur einen Schritt."

Sie hakte sich bei Heinz ein, der sie behutsam ins Zimmer begleitete. Sie legte sich ins Bett und schlief augenblicklich ein.

Gegen 09:00 Uhr gingen die anderen zum Frühstück. Else blieb im Bett. Elfriede suchte ihre Freundin auf und nahm mich mit. Wir wollten wissen, was gestern noch passiert ist. Else erzählte uns alles haarklein. Als sie erwähnte, dass sie dreimal mit ihm geschlafen hatte, meinte ich: „Wenn ich meinen Sex zusammenzähle, kommen da vier Jahre raus, Donnerwetter."

Oma Thiel und Else lachten. Es klopfte an der Tür. Frühstück für Else im Bett. Wir beschlossen nichts zu erzählen und hielten auch dicht, Else zuliebe.

Diesmal wollten die Herrschaften nichts unternehmen und sich am Pool ausruhen. Das war Else ganz Recht. Else schaffte es aus dem Bett zum Liegestuhl und schlief in der Sonne ein. Oma Thiel, Heinz und ich wuchteten einen Sonnenschirm neben Else, damit sie Schatten hatte. Wir wollten sie nicht wecken.

Oma Thiel und ich spielten Kniffel. Kai ist mit seinem Mann nach Kapstadt gefahren und Werner, Heinz und Mike spielten Skat.

Else schlief fast nur. Zwischendurch legten wir Else ein kaltes, nasses Handtuch auf die Stirn. Sie bekam nichts mit.

Gegen 15:00 Uhr am Nachmittag wurde sie wach. Ihr ging es gar nicht gut. Ihr Kopf glühte. „Ich glaube du hast Fieber, Else," sagte ich zu ihr. „Wie geht es dir denn," fragte Elfriede ihre Freundin. „Ich habe Kopfschmerzen, außerdem ist mir übel und schwindelig. Ich will auf mein Zimmer, ins Bett."

Wir brachten Else auf ihr Zimmer. Elfriede holte ein Fieber Thermometer und gab es Else. 38,5 ° Grad Fieber. Else fror und fragte noch nach Decken. Ich rief einen Arzt an.

Als der zwei Stunden später Else untersuchte, meinte er:

„Verdacht auf Malaria. Können sie sich irgendwo angesteckt haben?" Sie dachte sofort an den……ja, wie hieß er denn überhaupt. Sie war völlig fertig.

Sie konnte gar nicht nachdenken. Sie wusste es nicht. Nachdem der Arzt weg war, schlief sie wieder unruhig ein.
Wir unterrichteten die Männer und beschlossen, dass immer einer für Else da ist. Der Arzt hat ein Medikament aufgeschrieben, das muss aus der Apotheke geholt werden. Heinz wollte Else gar nicht mehr von der Seite gehen, aber er musste ja auch etwas essen.
Er machte sich Sorgen um seine Else.

*

Krankenhaus

Nach zwei Tagen, Else ging es immer noch nicht besser, kam Elfriede zu ihr ins Zimmer und meinte: „Ich habe eine gute und ein paar schlechte Nachrichten, welche möchtest du zuerst alle hören?" Else meinte: „Die ganzen schlechten."

„Ok, also du musst ins Krankenhaus. Heute noch.

Die anderen reisen wieder ab, solange sie noch gesund sind."

„Und die gute?", krächzte Else.

„Heinz, Werner und ich bleiben, bis du wieder fit bist und mit nach Hause kannst."

„Das ist lieb von euch."

Dann schlief sie schon wieder ein. Zwei Stunden später kam ein Krankenwagen, der Else mit in die Klinik nahm. Dort wurde sie, von den anderen isoliert, in ein Zimmer gebracht.

Ein Arzt kam herein und erklärte Else in gebrochenem Deutsch, was sie alles mit ihr machen wollen.

Else meinte nur: „Das hört sich alles an, wie eine Elektroschockbehandlung."

Der Arzt verstand das nicht und lächelte sie an.

Das verstand Else als Aufforderung zum Flirten. Sie meinte: „Unter meiner Haut trage ich reines Seidenpapier, oben eher eine Raufasertapete." Er könnte sich davon überzeugen.

Zur Demonstration strich sie über ihren Arm. Der Arzt war mit Else ein bisschen überfordert. Er organisierte eine deutschsprachige Krankenschwester. Sie stellte sich dann Else vor:
„Guten Tag, ich bin die Schwester Anika."
Else hatte hohes Fieber, nicht zu vergessen. Deshalb antwortete sie: „Ich habe keine Schwester Afrika,
ich habe gar keine Schwester, nicht mal einen Bruder. Jetzt möchte ich gerne schlafen." Damit drehte sie sich um und der Arzt und die Schwester schauten sich achselzuckend an. Dann verließen sie das Zimmer.
Else schlief fest in ihr Kissen gekuschelt, als es zaghaft an der Tür klopfte. Sie bekam das im
Unterbewusstsein mit, hatte aber keine Kraft, sich umzudrehen.
Es war Heinz. Er holte sich leise einen Stuhl und setzte sich zu Else. Sie drehte ihm den Rücken zu.
Heinz fing einfach an zu reden, obwohl er wusste, dass sie schlief. So fiel es ihm leichter über seine Gefühle zu sprechen: „Else, ich habe dir einen Brief

geschrieben, weil ich nicht so gut mit Worten bin. Ich lese ihn dir mal vor. Jetzt, wo du schläfst, fällt es mir leichter ihn vorzulesen."

„Liebe Else,
wie geht es dir, mir geht es gut."

„Ach, das war der verkehrte Brief, sorry."
Er legte den Brief ans Fußende des Bettes und kramte in der Tasche nach dem anderen Brief:

„Liebe Else,
wenn ich mir dir zusammen bin, fällt mir das Leben ein kleines bisschen leichter. Du bist so eine ehrgeizige und mutige Frau. Bildschön bist du auch noch. So etwas habe ich mir schon immer gewünscht.
Unsere Löffelliste mache ich nur, damit ich Zeit mit dir verbringen darf.
Else, ich weiß, was ich will.
Ich will dich und will mit dir den restlichen Weg zusammen gehen.

*Else, ich liebe dich von ganzem Herzen und ich würde alles dafür tun, damit du es ein klein wenig erwidert.
Vielleicht ist jetzt nicht der richtige Zeitpunkt dir das zu sagen, aber wenn ich es jetzt nicht mache, wo du im Sterben liegst, wann soll ich es denn machen.
Ich habe ein kleines bisschen Angst vor….."*

Else unterbrach ihn.
„Für meine Grabrede ist es noch zu früh, lass dir etwas anderes einfallen.
Außerdem habe ich noch keinen Zettel am großen Zeh."
Else bekam nur Bruchstücke mit, wie z. B. Sterben.
Sie drehte sich zu Heinz.
„Else!", schrie Heinz, wie siehst du denn aus?"
„Entschuldige bitte, ich bin vielleicht krank!"
„Dein Gesicht, oh Gott nein.
Bleibt das jetzt für immer so?", schrie Heinz voller Aufregung.
Else verstand kein Wort.

Er holte einen Taschenspiegel aus ihrer Kosmetiktasche und hielt ihn ihr vor.
Else hatte eine Schlaffalte quer durchs Gesicht.
Ein bisschen blass dazu, das war alles.
„Heinz, das ist eine Schlaffalte, mehr nicht."
„Ach so, ich dachte schon, na Gottseidank."
„Was hast du denn da in den Händen, meine Grabrede?",
forschte Else nach.
„Ach, ist schon gut, nichts Wichtiges. Ich hole mal eine Vase für die Blume, die ich dir mitgebracht habe. Damit verschwand er aus dem Zimmer und steckte den richtigen Brief in seine Hosentasche.
Else setzte sich ein bisschen auf, dabei fiel ihr ein Brief auf, der am Fußende lag. Sie nahm ihn und las:

‚Liebe Else,
wie geht es dir,
mir geht es gut……….'

Das war alles auf dem Zettel. Wieso fragt er mich, wie es mir geht, der weiß doch, dass ich krank bin. Männer.'

Heinz kam zurück und war aus der Puste. Er meinte: „Das Krankenhaus ist wie eine Geisterbahn, hinter jeder Tür steckt ein Vollidiot."
Er stellte eine Flasche auf den Nachtisch, in die Männer, wenn sie bettlägerig sind, reinpinkeln. Dann nahm er seine Plastikrose und steckte sie in die Öffnung. Die Rose ragte jetzt förmlich ins Krankenzimmer.
Else schaute die Vase mit skeptischen Augen an.
Heinz meinte: „Die Rose blüht immer, die kannst du zwischendurch mit Spülmittel abwaschen." Überzeugend nickte er dazu.
Dann fuhr er fort: „Ich muss mal ganz dringend."
Else sagte kein Wort, sondern versuchte ihre Falte aus dem Gesicht zu ziehen.
Es ging ihr etwas besser. Heinz wiederholte seine Frage: „Ich muss mal?"

„Soll ich dir die Kloschüssel mit dem Aufzug hochkommen lassen,
oder warum gehst du nicht aufs Klo, wenn du so dringend musst.", kommentierte Else schon wieder etwas gereizt.
„Ich muss groß."
Else schaute ihn entnervt an.
Schüssel ist Schüssel, ob groß oder klein. Geh endlich aufs Klo und sei froh, dass du nicht ins Erdloch kacken musst."
Heinz verstand die Anspielung nicht und verließ zum zweiten Mal das Zimmer. Es klopfte und Oma Thiel kam herein.
Sie freute sich, als sie Else halbsitzend im Bett vorfand.
„Hallo meine Liebe," sagte sie voller Sorge, „du siehst ja schon ein wenig besser aus."
„Hallo Elfriede. Ja, ich habe nur geschlafen. Die Schwester hat mir erzählt, dass ich so etwas, wie Morphium bekommen habe. In Deutschland sagt man Hanf, oder so. Kann man im Garten anpflanzen. Mache ich dann auch, wenn ich wieder raus bin."

Elfriede lachte und meinte:
„Seit wann hast du denn eine Schwester?
Du bist schon fast wieder die Alte. Warum hast du denn da eine Urinflasche stehen, du bist doch eine Frau.
Du brauchst eine Bettpfanne." „Die hat Heinz mir als Blumenvase gebracht und hat mir eine Plastikrose reingesteckt."
Beide kicherten schon wieder. „Was ist das denn das für ein Brief?" Oma Thiel nahm den Brief und las ihn durch. Ein Satz nur und wieso fragt er dich wie es dir geht, wenn er hier ist? Wo steckt er überhaupt?"
„Er ist auf der Toilette. Er witterte ein großes Geschäft, ha, ha."
Es war schön, dass Else sich so langsam wieder erholte.
Der Arzt kam herein und brachte gleich die Krankenschwester mit.
Else sagte zu Elfriede:
„Darf ich vorstellen, meine Schwester Afrika."
Die Schwester korrigierte es und meine Anika, nicht Afrika. Ich bin Krankenschwester für alle hier."

Oma Thiel lachte aus vollem Herzen. Das war wieder typisch Else. Der Arzt hatte gute Nachrichten. Er meinte, dass Else in zwei Tagen aus dem Krankenhaus dürfe.
Zurück in Deutschland soll Else aber noch mal zum Arzt gehen.
Das waren doch gute Nachrichten. Heinz kam zurück, sichtlich erleichtert.
„Ich war so aufgeregt, wegen dem Brief und Else, da hatte ich Durchfall."
Else und Oma Thiel schauten sich an, dachten an den Brief von einem Satz und winken ab. „So Heinz, Else will sich noch ausruhen und wir buchen den Rückflug nach Deutschland. In drei Tagen geht es zurück."
„Aber der Brief….." versuchte Heinz noch zu sagen, da wurde er auch schon von Elfriede aus dem Zimmer geschoben.

*

Schweren Herzens wurde Else aus dem Krankenhaus entlassen. Sie wollte gar nicht gehen.

Zweimal hatte sie den Arzt noch zum Kaffee eingeladen, was der dankend ablehnte. Die Schwester Afrika winkte noch zum Abschied, aber nur weil Else ihr 20,- Euro zugesteckt hatte. Sie meinte, dafür hieße sie auch Afrika und nicht Anika. Sie hatte beim Abschied Tränen in den Augen.
Am vorletzten Abend saß sie noch mit Heinz im Hotelzimmer. Else erklärte ihm, sie wolle in Deutschland Hanf anbauen. Wenn dann einer krank ist, isst er die Pflanze.
Heinz fragte: „Darf man das denn in Deutschland? Ist Cannabis nicht eine Droge?"
„Papperlapapp, das sind ganz natürliche Blumen, so wie Stiefmütterchen, oder Männertreu."
„Männertreu," kam von Heinz zurück. Er wollte das Thema nochmal aufnehmen, deshalb meinte er: „Ich bin treu."
Es klopfte schon zum zweiten Mal an die Tür von Else und Heinz.
Else öffnete, weil Heinz jetzt den passenden Übergang gefunden hatte ihr zu sagen, dass er treu ist und sie liebt.

Als Oma Thiel gerade wieder energisch gegen die Tür bollern wollte, ging sie auf.
Elfriede fragte: „Was macht ihr denn hier drin und wieso macht ihr nicht auf?"
Else antwortete: „Wir hatten eine Konferenz."
„Im Schlafzimmer?", rief Elfriede.
Heinz wollte etwas sagen, um den Anschluss nicht zu verlieren und meinte: „Als wenn……." Beide Frauen warteten darauf, dass es weiter ging, aber es kam nichts mehr.
Else meinte: „Das war genau der Satz, den er vor zwei Wochen angefangen hatte. Jetzt kommt er immer noch nicht weiter."
Heinz überlegte krampfhaft, wie er es ihr am besten sagen konnte. Zur Unterstützung nahm er den Daumen und den Zeigefinger und drückte auf seinen Nasenrücken. Seine Augen waren für einen kurzen Moment des Nachdenkens geschlossen. *Treu war schon mal, gut,'* dachte er. Jetzt hatte er es. „Als wenn……."

Er suchte Else, aber beide Frauen waren gar nicht mehr im Zimmer. Die sind noch mal in den Souvenirlädchen gegangen, um etwas für die Lieben zu kaufen. Elfriede kaufte für Werner eine totschicke Uhr. Else wollte tatsächlich etwas für Heinz kaufen,
deshalb kaufte sie ein Armband. Kleine Perlen schmückten das Band aus Leder. Sie kaufte sich das gleiche, nur etwas kleiner. Die Perlen sollen:
Glück, Gesundheit, Liebe, Geld, und ganz viel Sex bringen. „Da wird er sich aber freuen," meinte Elfriede zu ihrer Freundin.
Als Else zurück war, wollte sie Heinz das Armband sofort schenken, aber Heinz war nicht da. Else packte ihren Koffer und den von Heinz auch schon mal. Sie legte das Armband zum Schluss ganz oben in den Koffer. Dann schloss sie ihn. Heinz war nochmal mit Werner an die Bar gegangen, um das letzte Bier zu trinken.
Die Flitterwochen waren zu Ende. Aufregend war es.

„Aber ab morgen hat Deutschland uns wieder," meinte Werner.

✳

Hanf

Der Rückflug verlief ruhig. Die meiste Zeit wurde geschlafen. Heinz träumte von Else.
Else träumte von den Blumen Hanf, dem Wundermittel.
Werner träumte von dem Heim *‚Glückseligkeit'* und *‚Sonnenschein.'*
Und Oma Thiel freute sich auf Jako und Struppi, auf ihren Garten, und auf ihr Zuhause.

✱

Wir holten die Bande ab. Das heißt Ole und ich. Bei dem ganzen Gepäck durften nicht so viele mit, sonst wäre das ganze Gepäck nicht ins Auto gegangen. Oma Thiel weinte, als sie wieder deutschen Boden unter den Füssen hatte. Ole hatte uns abgesetzt und fuhr Werner noch nach Hause.
Heinz verzog sich nach unten, nachdem er den gesamten Inhalt des Koffers einfach vor der Waschmaschine ausgekippt hatte.
Oma Thiel war sauer und ging Heinz in seine Souterrainwohnung hinterher. Sie drücke einfach die Tür auf, ohne zu klopfen. Heinz wollte es sich gerade gemütlich machen. Seine Zeitung lesen, eine Zigarre rauchen und ein kaltes Bier trinken.
„Wenn du nicht sofort deinen Hintern bewegst, und deine Wäsche sortierst, gibt es ein Problem mit mir. Das willst du nicht wirklich.
Dann kannst du nämlich zurück ins Heim gehen, also Abmarsch!"
Heinz schoss förmlich nach oben.

Denn, es sich mit Elfriede versauen, will er natürlich nicht. Also ging er in den Waschkeller und sortierte seine Sachen. Da waren Schuhe dabei, ein Kugelschreiber, Taschentücher aus Papier und ein kleines, verpacktes Geschenk. Er wunderte sich. Das war nicht von ihm.
Es war nicht groß, ein kleines viereckiges Päckchen mit einer Schleife.
Er nahm die Schleife ab. Da kam das Armband zum Vorschein.
Dazu auf einem kleinen Zettel geschrieben:

Lieber Heinz,
Glück ist,
wenn liebevolle Menschen in dein Leben purzeln und mit voller Absicht dortbleiben.
Schön, dass es dich gibt.
Das Armband trage auch ich, denn dann haben wir beide Glück!
Deine Else.

Als Heinz den Brief zu Ende gelesen hatte, waren seine Augen mit Tränen gefüllt.
Er drückte den Brief an seine Brust. Dann legte er sein Armband an und küsste es. Danach hatte er die ganze Wäsche sortiert,
auch die von den Frauen. Und schon eine Buntwäsche angestellt. Er ging zu Elfriede und entschuldigte sich für sein Benehmen. Erst jetzt verschwand er im Garten und rauchte genüsslich seine Zigarre.
Dabei überlegte er schon mal, wo er denn mit Else den Hanf anlegen konnte.

*

*H*anf ist Cannabis

Else hatte sich hingelegt. Es war doch alles sehr anstrengend, in den letzten Tagen.

Wenn sie wieder fitter ist, wollte sie noch ihren Führerschein zu Ende machen. Sie will sich auf alle Fälle noch eine Harley kaufen.

Mit dem Hanf anlegen war das so eine Sache. Am besten fragte sie mal Reinhild nach der Blume. Die hat sich doch extra eine kleine Wohnung mit Garten genommen, um Blumen zu pflanzen.

Als Else da war und ihr das Pflanzenthema erklärte,
fand sie das auch erst einmal gut. Dann allerdings kam ihr Sohn Thiemo. Der wiederum meinte, dass Hanf, Cannabis sei.

„Ja und?", fragte Else nach.

„Wenn sie ‚Conny Biss' heißt, wird sich doch Conny freuen."

Thiemo merkte schnell, dass es keinen Sinn machte, den Frauen das zu erklären. Er versprach Samen zu besorgen, und Heinz sollte ein Treibhaus bauen. Dann wachsen sie schneller. Und wir sollten mit keinem darüber reden, das gäbe nur Ärger. Nachbarn sind eifersüchtig, weil sie so etwas nicht haben. Der Deal stand.

Als Else wieder zu Hause war, ging sie gleich an den Kühlschrank und holte sich eine Flasche Bier raus. Heinz kam in die Küche. Auch er holte sich eine Flasche Bier aus dem Kühlschrank.
Er wollte gerade etwas sagen, als Else sein Armband am Handgelenk sah.
Er stieß mit ihr an und meinte:
„Auf uns." „Ja auf uns und auf Conny Biss," meinte Else zu Heinz.
Der verstand es nicht, also sagte Else: „Hanf."
„Ja, Hanf, genau. Wie soll das denn aussehen?" Eigentlich wollte er sich gerade für die lieben Worte und das Armband bedanken. Aber irgendwie hat er die Kurve nicht gekriegt.
Else erklärte ihm, was er bauen soll, den Rest macht sie selbst. Heinz entgegnete: „Ich fahre direkt zum Baumarkt und hole die Sachen, damit alles schneller geht.
Ach ja, übrigens, danke für das tolle Armband und die netten Wor...." Else hörte ihn schon nicht mehr, weil der Hund mit einem Mal bellte. „Struppi, ruhig," sagte sie zu dem Hund.

Dann ging sie zur Tür. Noch bevor es geklingelt hatte, öffnete sie die Tür. Kathi kam mit Nico, um sich nach ihr zu erkundigen.
Sie hätte gehört, dass Else Malaria gehabt hätte. „Wir dachten schon, du musst sterben," sagte sie voller Sorge.
Else meinte: „So ein Blödsinn, war alles nicht so schlimm. Ich habe keine Zeit zum Sterben, ich bin immer auf dem Sprung."
Heinz verzog sich und fuhr zum Baumarkt.
Die Frauen tranken noch einen Tee zusammen, den Else stehen ließ und an ihrem Bier weitertrank. Es war ein sehr nettes Gespräch stellte Else fest.

∗

Else ging es schon wieder besser und sie wollte zur nächsten Fahrstunde.
Als sie das Motorrad sah, sagte sie zum Fahrlehrer: „Das ist kein richtiges Motorrad, ich will eine Harley fahren."

„Na hören sie mal, das ist ein richtiges Motorrad, ist schließlich eine Honda."
Während sie mit dem Fahrlehrer auf offener Straße darüber stritt, was nun ein Motorrad ist oder nicht, fuhr ein alter Daimler an den Beiden vorbei.
Es war Heinz, der gerade vom Baumarkt kam. Die beiden sahen ihn aber nicht.
Heinz dachte: *‚Wieso streitet sie mit diesem Mann?'*
Er stellte sich auf die andere Straßenseite, konnte aber nicht hören, worüber sie stritten. Er sah nur im Hintergrund Fahrschule.
Der Mann ging rein, holte einen Motorradhelm und gab ihn Else.
‚Spinnt der jetzt, der Irre. Else soll doch nicht auf dem Motorrad fahren?'
Sie setzte sich drauf, startete die Maschine und ließ sie wieder absaufen. Dann nochmal. Jetzt funktionierte es und sie fuhr an. Sie fuhr einfach los.
Der Fahrlehrer lief gar nicht hinterher.
Heinz überquerte die Straße. Er sagte: „Eigensinnige Frau, nicht wahr?"
„Da sagen sie was.

Die ist 80 Jahre und erklärt mir, dass meine Honda kein Motorrad wäre, ich solle mir eine Harley kaufen,
die spinnt doch total." Das war alles, was Heinz hören wollten. Schon war er wieder weg, bevor Else zurückkam.

✸

Betty

Oma Thiel war zu Hause. Alle ausgeflogen, dachte sie.
Sie genoss die Ruhe und machte sich einen Espresso.
Struppi schlug an, als sich jemand dem Haus näherte.
Oma Thiel öffnete die Tür und war überrascht. Ihre Tochter Betty mit Sohn Nils und zwei Koffer standen vor ihrer Tür.
„Was ist los," fragte Oma Thiel ihre Tochter.

Sie aber weinte nur und sagte schluchzend: „Jürgen hat eine andere. Können wir bei dir wohnen?"
Oma Thiel sagte, ohne mit der Wimper zu zucken: „Nein mein Kind. Überlege mal, du wolltest, dass ich in ein Altenheim gehe, dann hätte ich gar kein zu Hause mehr." Nico nahm sich sofort Struppi an, nahm die Leine und ging mit ihm Gassi. Der verstand das alles noch nicht.
Betty reagierte gar nicht auf die Worte ihrer Mutter.
„Kannst du mir vielleicht mal einen Koffer abnehmen," fauchte Betty stattdessen ihre Mutter an.
Oma Thiel antwortete: „Ich spreche doch Deutsch, oder nicht? Nein, habe ich gesagt. Mein Enkel kann so lange bleiben, wie er will, aber du solltest dich erst einmal bei mir entschuldigen, bevor du alles für selbstverständlich hinnimmst. Betty schluckte, und dachte: *‚So kannte sie ihre Mutter gar nicht. Sonst machte sie doch auch, was man ihr sagte. Das ist bestimmt der Einfluss von den anderen alten Leuten.'*

Trotzdem ließ sie ihre Tochter rein.
„Einen Kaffee?", fragte sie freundlich.
„Ja gerne, nett von dir," kam
jetzt kleinlaut zurück.
„Dann erzähle mal, was denn los ist,"
forderte Oma Thiel ihre Tochter auf.
Betty erzählte, dass Jürgen ein
Verhältnis mit einer Frau von der Arbeit
hat. Schon ein halbes Jahr. Sie ist ihm
auf die Schliche gekommen, weil sie in
seinem Handy etwas gesucht hatte und
die ganzen Nachrichten von dieser Luise
gesehen hatte.
Als sie ihn zur Rede stellte, hatte er alles
gestanden.
Oma Thiel sagte: „Das ist dein Haus,
wieso ziehst du aus? Soll er doch zu
seiner neuen Flamme ziehen. Ich habe
euch zwar das Haus zur Hochzeit
geschenkt, aber es ist nur auf deinen
Namen eingetragen. Ich hatte extra eine
Klausel mit verfassen lassen. Im Falle
der Untreue von Jürgen bekommst du
das Haus."
„Was wäre denn, wenn ich fremd
gegangen wäre?", fragte Betty nach.
„Dann hätte Nils geerbt und er hätte es
erst mit achtzehn Jahren bekommen."

„Das wusste ich gar nicht, Mama," sagte sie nachdenklich. Oma Thiel meinte: „Heute bleibt ihr erst einmal hier und morgen sehen wir weiter. Ihr könnt im Gästezimmer schlafen. Um 09:00 Uhr gibt es Frühstück für alle."
Betty war erleichtert, dass ihre Mutter doch für sie da war. Einmal Mutter, immer Mutter.

*

Die zweite Fahrstunde von Else verlief nicht so gut. Der Fahrlehrer meinte, dass Else nicht zuhört und Else meinte, dass Honda nur Autos baut, aber keine anständigen Motorräder. Außerdem ist die Maschine nur für Männer und für Frauen untauglich.
Voller Enttäuschung fuhr sie mit ihrem Scooter nach Hause. Dort war der Teufel los. Elfriedes Tochter mit Sohn wohnte da und das war das reinste Chaos. Heinz war nicht da. Oma Thiel meinte, dass er schon länger weg wäre, sie wisse nicht wohin.

Heinz hatte mich um ein Treffen gebeten und ich sollte nichts sagen. Ich traf mich mit ihm in dem Café, wo ich mich sonst mit Oma Thiel traf. Ich war schon überrascht, dass er mich treffen wollte, aber ich sagte zu. Das Café war gut besucht, wie immer. Wir fanden aber noch einen kleinen Tisch in einer Ecke. Heinz erzählte mir alles zum Thema Else. Das er ihr einen Brief geschrieben hatte, als sie im Sterben lag. „Na ja, im Sterben lag sie ja nicht, aber es war nicht ohne," unterbrach ich ihn.

Das er ihr den Brief auch vorgelesen hatte, aber Else schlief. Auch, dass er seine kleine Wohnung sauber hielt, sie ihn aber nicht besuchen kommt.

„Hast du sie denn mal eingeladen?", fragte ich nach. „Natürlich nicht!" „Dann wird sie auch nicht kommen," versuchte ich ihm zu erklären. Dann hatte er von dem Brief und dem Armband erzählt. Er trug das Armband mit den Perlen, das an seinem Handgelenk ein bisschen aussah, als wäre er schwul. Den Brief von ihr trug er immer bei sich.

‚Heinz ist so richtig verliebt in Else,'
dachte ich. Dann erzählte er mir, dass
Else einen Motorradführerschein macht.
Ich fiel aus allem Wolken. „Weiß Oma
Thiel das denn schon?", fragte ich ihn. Er
schüttelte mit dem Kopf und meinte:
„Ich denke mal, das ist ihr kleines
Geheimnis. Sie will sich wohl eine Harley
kaufen," sagte er nachdenklich.
Ich war echt baff. *‚Was steckt in so einer kleinen Person für Energie,'* dachte ich.
Heinz hatte einen Plan:
„Du weißt ja sicherlich, dass man Else
nichts ausreden kann, dafür ist sie viel
zu stur.
Also werde ich mir eine Haley kaufen
und sie hinten drauf mitnehmen.
Muss nur noch klären, wo man so etwas
bekommt." Ich meinte: „Frag doch
Thiemo, den Sohn von Reinhild.
Die fahren doch alle Harley. Vielleicht
weiß der Rat."
„Das ist eine gute Idee, das mache ich."
Wir sprachen noch eine ganze Weile
über Else. Dann erzählte er noch, dass
sie morgen im Garten Hanf anlegen
wollen. Ich meinte: „Cannabis, das ist
nicht erlaubt."

„Ich weiß," gab er zur Antwort, „aber erklär das mal einer achtzigjährigen. So ein kleines Pflänzchen wird keinem schaden, ansonsten haben wir etwas ähnliches gefunden. Sieht aus wie Unkraut." Wir lachten beide.

Als ich wieder nach Hause fuhr, dachte ich: ‚*es gibt keinen besseren Mann für Else. Heinz ist genau der richtige für sie. Hoffentlich funktioniert es mit den Beiden irgendwann. Ich würde es ihnen so wünschen.*'

*

Bei Oma Thiel war das Chaos ausgebrochen. Betty ließ grundsätzlich alles liegen.

Wenn sie sich ein Brot schmierte, ließ sie die Margarine offen draußen stehen. Die Wurstpackung geöffnet daneben. Das Messer schmutzig dazu.

Isst sie Marmelade, drehte sie den Verschluss danach nicht wieder auf das Glas.

Wenn Oma Thiel ihre Tochter fragte, warum sie das nicht wieder wegräumt,

meinte sie grundsätzlich, dass es durchaus noch passieren könnte, dass sie sich noch eine Scheibe Brot nimmt, dann müsste sie sich ja alles wieder rausholen. Das lag dann nach zwei Stunden immer noch da. Die Wurst hatte hinterher dunkle Flügel.
Ihre Wäsche ausgezogen, auf links vor den Wäschepuff geschmissen. Nein, nicht rein, sondern davor.
Ihre Argumente, da man ja nicht weiß, was man so wäscht, könnte man die Wäsche gleich vor dem Wäschepuff sortieren. Das wäre doch eine Arbeitserleichterung für ihre Mutter. Ihr Bett machte sie auch nicht, weil sie sich ja am Abend wieder reinlegen wird und es dann zerwühlt wird. Das Nils das natürlich nachmacht, was ihre Mutter ihn vorlebt, war klar.
Oma Thiel schaute sich das ganze zwei Tage an.
Betty und Nils aßen am Frühstückstisch, den Else und Heinz vorbereitet hatten und verließen den Frühstückstisch, ohne etwas abzuräumen. Am dritten Tag standen zwei Koffer im Flur.

Als Betty die Koffer sah, meinte sie: „Wieso stehen da zwei Koffer im Flur? Willst du verreisen?" Oma Thiel antwortete: „Ich nicht, aber du. Du darfst zurück in dein Haus. Ich habe mit Jürgen gesprochen. Und weißt du was? Ich kann ihn sogar verstehen. Der Mann geht arbeiten.

Du bist zu Hause. Du putzt nicht, du kochst nicht, du machst nur das Nötigste und im Bett läuft auch schon seit einem Jahr nichts mehr."

„Mama! Was redest du denn da."

„Jürgen ist ganz freiwillig zu der Arbeitskollegin gezogen. Du solltest dich beeilen, der Hund hat Hunger und euerm Hasen geht es auch nicht besonders gut, da hilft eventuell eine Karotte."

Dann schubste sie Betty galant nach draußen. Heinz war noch so gut und wuchtete die Koffer ins Taxi, das Else bestellt hatte.

Zum Abschied sagte Betty noch: „Du bist so undankbar."

Als sie weg waren, meinte Else: „Bin ich froh, dass ich keine Kinder habe."

Oma Thiel holte einen Sekt aus dem Kühlschrank und Heinz köpfte die Flasche. Dann sagte er: „Ihr seid mir die Liebsten." Er bekam von zwei Seiten je einen Kuss auf seine Wangen. Heinz strahlte. Vor allem der Kuss von Else war so schön weich, fand er. Nachdem sie den Sekt geleert hatten, gingen Else und Heinz raus in den Garten. Er hatte eine Überraschung für Else.
Er präsentierte ihr ein kleines Treibhaus, das er selbst zusammengebaut hatte. Else quiekte vor Freude und sprang ihm um den Hals. Schon wieder hat er alles richtig gemacht. Er weiß nämlich, was er will. „Und jetzt wird Hanf angebaut," sagte er zu Else. Die zog sich direkt Gummistiefel an und die Zwei waren Stunden damit beschäftigt, ihr Unkrautbetäubungsmittel mit dem Namen ‚*Conny Biss,*'
was eigentlich ‚Cannabis' heißt, anzulegen.

❈

Sonnenschein

Die Tage verflogen so schnell und es wurde schon herbstlich.
Else kam mit dem Führerschein nicht so richtig voran. Die Theorie hatte sie geschafft, aber mit der ‚*Honda*' kam sie nicht zurecht. Sie kam nur mit ihren Zehenspitzen am Boden, wenn die Maschine hielt. Dann eierte sie an den Ampeln rum. Sie wurde immer unsicherer. Für ihren Scooter wurde das Wetter auch unangenehmer.
Sie mochte den Herbst in seinen Farben, aber die Kälte dazu nicht so.

*

Jürgen hatte Betty tatsächlich verlassen. Er sieht Nils alle vierzehn Tage und immer Donnerstag. Da hat er einen Homeofficetag. Mit seiner Arbeitskollegin ist er nicht mehr zusammen.

Er kommt aber gut allein zurecht. Für Betty war es eine Umstellung. Sie muss jetzt ihre Wohnung allein putzen, und hat sich einen Minijob gesucht,
wo sie als Verkäuferin für ein paar Stunden in einer Boutique arbeitet, während Nils zur Schule ging.

*

Was auf Hochdruck bei Ole lief, um seinen
‚*Sonnenschein – Farm'* voranzutreiben, war schon beeindruckend. Ole hatte zusätzliche Arbeiter einstellen müssen, um dieses Projekt zu stemmen. Es sollen kleine Wohnungen mit Minigarten gebaut werden. Ein größeres Haus, in dem großzügige Wohnungen gebaut werden.
Dann Appartements, in denen ältere Leute zur Pflege wohnen können.
Dann gibt es einen Kindergarten und es gibt Tiere, wie: Hühner, Enten, Pferde, Hunde, Katzen, Hasen und Meerschweinchen.

Ein Arzt, der nur für die älteren Herrschaften da ist, bekommt dort seine Praxis.
Aufenthaltsräume, in denen Kinder und ältere miteinander basteln, malen, oder ähnliches. Die Kinder und auch die Alten können immer zu den Tieren, um sie zu streicheln. Ein Hausmeister wird rund um die Uhr da sein und dort kostenfrei wohnen.
Ole baut ganz in der Nähe ein Haus, in dem er mit Werners Tochter Kathi und deren Sohn Nico einziehen wird. Der Nachwuchs der Beiden im Bauch von Kathi wächst und gedeiht auch prima. Wenn alles gut geht, ist im Frühjahr / Sommer die Neueröffnung.
Die Sonnenscheinfarm soll das Heim Glückseligkeit unterstützen und umgekehrt.
Eine großartige Idee.

❋

Zusammen

Werner saß auf seiner Couch, trank ein Bier und sah Fern. Er hatte sich eine Jogginghose angezogen und das alte Lieblingsshirt nochmal aus der Wäsche geholt. Es klopfte an seiner Tür. Als er öffnete, sah er erstaunt in das Gesicht von Heinz.
Er bat ihn herein und holte, ohne zu fragen, ein Bier und gab es Heinz, nachdem er es geöffnet hatte. „Was gibt es?", fragte Werner.
„Eine ganze Menge schlechter Nachrichten," gab er zur Antwort. Heinz setzte seine Bierflasche an und nahm einen kräftigen Schluck. Als er die Flasche wieder absetzte, schaute Werner seinen Freund fragend an.
„Ich habe ein Gespräch mitbekommen, in dem sich Elfriede mit Conny am Telefon darüber unterhielt,
dass sie mit dir zusammenziehen will. Am liebsten wäre es ihr, wenn du zu ihr ziehst.

Dann wüsste sie aber nicht, wohin mit Else und Heinz, also mir," sagte er zu Werner. Der trank erst einmal einen riesigen Schluck, setzte die Flasche ab und meinte:

„Ach du Scheiße. So, wie es im Moment ist, finde ich es gut. Wir sind zwar verheiratet, aber man muss ja nicht 24 Stunden aufeinander hocken. Außerdem gefällt es mir hier." Heinz nickte ihm zu. Beide stießen wieder an und setzten ihre Flaschen an den Hals.

Es vergingen ganze drei Minuten, in denen keiner etwas sagte und jeder seinen Gedanken nachging. Dann meinte Heinz: „Kann ich dann deine Suite haben, wenn du zu uns ziehst?"

„Ich habe gar nicht vor, hier auszuziehen.

Mir geht es hier gut. Ich habe auch meine Ruhe, brauche mich nicht andauernd in anständige Klamotten reinzwängen. Ich kann mein Bier trinken und nicht Sekt oder Wein. Lege meine Füße auf den Tisch, gucke Fernsehen und schiebe mir beim Fußballspiel eine Pizza in den Mund……mit den Händen gegessen.

Nicht mit Messer und Gabel. Nein, das wird nicht funktionieren. Außerdem kann sie Else nicht vor die Tür setzen." Werner wurde immer hektischer, je mehr er sich mit dem Gedanken anvertrauen sollte.
Dann sagte Heinz: „Dann zieh dir den Schuh auch nicht an und mache es nicht. Ein bisschen Abstand in der Ehe ist immer gut."
„Was ist mit dir und Else?", fragte Werner neugierig.
„Das wird. Ich muss die Stute nur noch zähmen, bin dabei."
Dann trank er mit einem Grinsen das restliche Bier aus und verabschiedete sich von Werner mit den Worten:
„Welches Zimmer oder Wohnung hat Reinhild eigentlich?" Werner dachte nach und meinte: „Ich glaube 14, du Schwerenöter."
„Es ist nicht so, wie du denkst, ich habe eine kleine Überraschung vor, für meine Else. Dazu brauche ich Reinhild." Werner klopfte Heinz auf die Schulter und meinte: „Du bist ein Guter, mach es gut."

„Jupp, tschüss dann und nichts sagen, du weißt ja, wie die Frauen sind." Werner hielt sich seine Lippen zu und drehte sie. Damit waren sie verschlossen.

Als Heinz weg war, dachte Werner nach: *‚Wieso habe ich denn solche Angst, mit Elfriede zusammen zu wohnen. Hatte ich doch mit Vicky auch getan. Da hatten wir aber getrennte Schlafzimmer. Was Vicky wohl gerade macht? Ich sollte mal wieder etwas mit Elfriede essen gehen, sie ausführen. Am besten nehme ich ihr den Wind aus den Segeln, indem ich sage, wie schön das doch immer wieder wäre, wenn ich sie zum Essen abholen darf. Wie ein neues Kennenlernen. Ja, das mache ich.* Schon bestellte er für Freitag einen

schönen Tisch beim Franzosen. Dann schickte er Elfriede eine Nachricht: Guten Abend, mein Liebling, ich habe uns einen Tisch für Freitag beim Franzosen bestellt. So gegen 17:30 Uhr würde ich meine Traumfrau dann abholen, wenn es Recht ist. Dein Liebling. Ein Herzchen und ein Smiley.

Prompt kam eine Nachricht zurück:
„Hallo mein Liebling, ich freue mich auf dich. Das passt gut, weil ich auch etwas mit dir besprechen möchte, gute Nacht. Dein Liebling. Herzen, Smiley.
Werner bekam Magenschmerzen und deshalb ging er schlafen.

*

Heinz ging erst um 23:30 Uhr aus Reinhilds kleinen Wohnung. Es war so nett bei ihr, dass er noch ein Bier mit ihr getrunken hatte. Sie hatte den ganzen Kühlschrank voller Bier. Wenn ihr Sohn Thiemo mit seinen Jungs kam, tranken sie nur Bier. Die Überraschung, die Heinz hatte, wollte sie unter dem Siegel der Verschwiegenheit in Erfahrung bringen und ihren Sohn um Hilfe bitten. Dann trennten sich die Zwei.

*

Als Heinz wieder zu Hause war, brannte noch Licht bei den Frauen.
Also ging er nicht zu sich in seine Souterrainwohnung, sondern zu den Mädels in die Stube. Sie saßen auf dem Sofa und schauten sich eine Liebesschnulze an. Etliche Taschentücher schmückten das Sofa. Eine Kleenex Box stand auf dem Tisch. Oma Thiel heulte wie ein Schlosshund. Else war gefaster.
„Guten Abend, die Damen," sagte Heinz besonders freundlich, weil er Else gesehen hatte. „Wo warst du denn?", fragte ihn Oma Thiel.
Mit der Frage hatte er nicht gerechnet. Er druckste ein bisschen rum und meinte dann schließlich: „Bei einer guten Freundin. Gute Nacht, ich gehe schlafen, bin müde."
Jetzt drehte sich Else schlagartig zu ihm um und sah ihm erstaunt nach. Dann meinte sie zu ihrer Freundin: „Hast du eine Ahnung, welche Freundin er meint?"
„Keine Ahnung, vielleicht hat er ja eine Neue, und nun sei still, ich will den Rest vom Film mitbekommen."

Else passte das irgendwie nicht. Obwohl es okay wäre, wenn er eine hätte, hm. Ihre Gedanken kreisten in ihrem kleinen Köpfchen.
Sie konnte sich gar nicht mehr auf den Film konzentrieren.
Am nächsten Morgen um 09:00 Uhr am Frühstückstisch, kam Heinz mit strahlender Laune rein.
„Guten Morgen ihr Hübschen," meinte er gutgelaunt. Elfriede und Else warfen sich Blicke zu und meinten: „Guten Morgen, Heinz."
Als er dann auch noch sein Ei aufklopfte und mit einem Löffel aß, wurde es Else zu bunt.
„Wie heißt sie denn?", fragte sie deshalb Heinz.
„Von wem redest du?"
„Na von deiner neuen Freundin," kam es aus Else rausgeplatzt.
„Ich habe keine Freundin," entgegnete er ganz ruhig.
Elses Kopf fuhr Achterbahn.
„Es gibt heute Rollladen und als Nachtisch, Eis mit Marzipankartoffeln.

Das isst du doch so gern," versuchte es Else noch einmal. Oma Thiel sah zwischen den Beiden hin und her.
„Oh, das ist ja schade, aber ich bin heute gar nicht da," kam von Heinz.
„Ach, wieder unterwegs? Was ist denn mit unserer Löffelliste, machen wir die noch weiter, oder hast du keine Zeit mehr für sowas!", fauchte Else jetzt Heinz an.
Der aber antwortete ganz ruhig: „Sehr gerne, was du willst, nur heute bin ich mal kurz weg, sorry."
Nach dem Frühstück räumte Heinz alles weg, sogar in den Geschirrspüler. Dann verabschiedete er sich mit den Worten: „Wünsche euch viel Spaß noch, Tschüss."
Weg war er. Else hatte schlechte Laune und Oma Thiel grinste. Sie merkte nämlich, dass Else eifersüchtig war und das war gut so.

*

Pünktlich um 17:30 Uhr holte Werner seine Elfriede ab.

Im Auto erzählte sie ihm von Heinz und Else, und dass Else eifersüchtig war. Werner hörte sich das ganz in Ruhe an. Dann meinte er: „Na ja, Else hat ja auch laufend jemanden. Ich glaube Heinz ist tatsächlich verliebt, aber in eine andere."
„Wie kommst du denn darauf?", bohrte Oma Thiel nach.
„Letztens ist er bei Reinhild noch spät abends rausgekommen.
Die Beiden hatten sich mit einer innigen Umarmung verabschiedet. Marius, der Pfleger hatte Nachtschicht und erzählte es mir. Weil so spät sollen keine Fremden mehr im Haus sein. Jetzt war Oma Thiel baff. „Das ist doch die Freundin von Else, wieso fängt Heinz ausgerechnet etwas mit ihr an. Männer!", schimpfte sie.
Beim Franzosen wollte Werner ihr jetzt erklären, wie schön es doch ist, wenn man sich immer wieder aufs Neue verliebt, weil man nicht 24 Stunden aufeinanderhängt. Dazu kam Werner aber nicht, denn Elfriede fing an: „Weißt du, mein Liebling,

eigentlich hatte ich vor mit dir heute ein Thema anzusprechen, was das Zusammenziehen betrifft. Nun ist aber Heinz mit seiner Affäre dazwischengekommen. Da kann ich Else nicht auch noch im Stich lassen." Werner nickte eifrig.

„Ich dachte, Else und Heinz würden zusammenkommen, dann könnte Heinz auf Else aufpassen. Allein macht sie nur Blödsinn. Auf der anderen Seite. Wenn Heinz auszieht, könnte Else in die Wohnung von Heinz ziehen und wir hätten das Haus für uns." Jetzt nickte Werner nicht mehr.

Er meinte: „Nun warte doch erst einmal ab. Es läuft uns ja nicht weg. Wir können uns jederzeit sehen. Und wenn du mal genug von deinen Mitbewohnern hast, kommst du ein paar Tage zu mir in die Suite." Dabei tätschelte er die Hand seiner Frau.

Elfriede schaute ihm verliebt in die Augen und meinte: „Du bist so ein verständnisvoller Mann, womit habe ich dich nur verdient."

Werner lachte verlegen. Dann gab er seiner Elfriede einen Kuss und meinte:

„Such dir aus, was du möchtest und eine Flasche Champagner, weil du heute besonders hübsch bist." Oma Thiel war glücklich, und Werner erst.

※

Eifersucht

Else war eins klar. Sie wollte Heinz nicht, der war ihr zu alt. Sie dachte nach:
‚Heinz ist ein Untermieter, zwar nicht von mir, aber immerhin ein Untermieter. Dann ist er immer so unordentlich. Obwohl, er kann auch nett sein, sogar sehr nett, eigentlich liebenswürdig. Lustig ist er auch. Als wir die Tour mit dem Dreirad (Motorrad mit Beiwagen) gemacht hatten, was hatten wir Spaß. Sex hatten wir auch schon mal. Wie war der nochmal? Da wurde Wasserpfeife geraucht, und viel getrunken.

Nein Heinz ging gar nicht. Aber er soll auch nicht mit einer anderen zusammen sein. Wer das wohl war? Ich muss das rausbekommen, nur so zum Spaß,' dachte sie nach.

Heinz kam erst um 22:00 Uhr nach Hause. Er war den ganzen Tag weg. Else schaute immer wieder zum Fenster. Als sie ihn hörte, machte sie sich eine Flasche Bier auf und setzte sich erwartungsvoll in die Küche.

Heinz kam aber gar nicht rein. Er ging sofort in seine Wohnung, obwohl noch Licht brannte. Else schmeckte das Bier nicht mehr. Sie goss es in den Ausguss und legte sich schlafen. Elfriede war auch noch mit Werner unterwegs.

Else hatte eine schlaflose Nacht. Am nächsten Morgen machte sie sich schön und wollte das Frühstück vorbereiten. Da lag ein Zettel von Heinz und ein gedeckter Tisch für zwei.

‚Hallo Mädels,
lasst es euch schmecken. Wartet nicht mit dem Essen auf mich, euer Heinz.'
Verschlafen kam Oma Thiel in die Küche.

„Guten Mogääähhhnnn, sagte sie. Dabei gähnte sie noch ausgiebig. „Wo ist Heinz?"
Else schob ihr nur den Zettel hin, sagte keinen Ton und goss Elfriede und sich Kaffee ein.
„Meinst du, er hat eine andere?", fragte Else ihre Freundin.
„Dazu müsste er erst einmal mit dir zusammen sein, um eine ‚*andere*' zu haben. Aber wenn du meinst, ob Heinz eine Freundin hat, so sage ich ja."
„WAS!", schrie Else so laut, dass Elfriede der Kaffee überschwappte.
„Wie kommst du darauf?"
„Werner hatte gestern so eine Andeutung gemacht, dass Heinz eventuell eine Freundin hat. Er weiß aber nichts Genaues."
Else mochte nichts essen. Sie war traurig. Wusste aber nicht genau warum.
Da Oma Thiel mit mir in unserem Café verabredet war, brach sie zeitig auf, um nicht zu spät zu kommen.
Else nutzte die Gelegenheit und nahm den Ersatzschlüssel, um in der Wohnung von Heinz nach dem Rechten zu sehen.

Er kommt schließlich nicht dazu.
Als nach zweimaligem klingeln, keiner aufmachte, trat sie ein. Es roch so gut. Rasierwasser und Vanille.
Alles war aufgeräumt.
Wenn man es nicht besser wüsste, könnte man denken, dass gerade die Putzfrau da war.
Es lagen Zeitschriften von Auto-Motor-Sport, Motorrad, Wohnwagen und Bastelanleitungen auf dem Tisch, nichts Besonderes. Sie ging ins Bad. Alles nur Männersachen. Die Küche. Sauber. Zigarren lagen dort herum und ein sauberer Aschenbecher. Das Schlafzimmer von Heinz sah ein bisschen zerwühlt aus. Es ist ein französisches Bett. Das hatte sie noch mit ausgesucht. Es war benutzt und zerwühlt, als hätte da eine Orgie stattgefunden.
Sie roch am Bettlaken. Es roch nach Heinz. Kein Parfüm oder so. Sie schaute in seine Nachtischschublade und fand so kleine blaue Pillen. ‚*Oh, Gott, er ist doch nicht krank,*‘ dachte sie.
Dann sah sie das Armband, das sie ihm geschenkt hatte, dort liegen.

‚Er trug es nicht.' Eine Träne kullerte über ihr Gesicht. Dann sah sie noch eine Schachtel. Eine Ringschachtel. Sie öffnete sie und sah einen wunderschönen Ring. Einen Damenring, wohlbemerkt.
‚Dann hatte er tatsächlich eine neue Freundin.'
Sie klappte die Schachtel wieder zu und verschloss die Tür von außen. Sie ging nach oben, holte sich eine Cola aus dem Kühlschrank und goss sich einen Rum dazu. Es war schließlich schon 12:00 Uhr.
Als sie zwei Gläser getrunken hatte, spürte sie ihn schon. Sie rief ihre Freundin an, Reinhild.
„Hallo Reinhild, hast du Zeit, ich würde gerne mal vorbeikommen, auf einen Kaffee oder so."
„Hallo Else, schön, dass du anrufst. Ja, ich freue mich auf dich, sehr gerne, wann?"
„Ich fahre jetzt los und müsste in 20 Minuten da sein."
„Okay, dann bis gleich."
Else zwitscherte sich noch einen und ging zur Bushaltestelle.

Sie sah gerade noch, wie der Bus vor ihrer Nase wegfuhr. Also ging sie wieder zurück und holte, obwohl es schon ziemlich kalt war, ihren Scooter raus. Sie zog sich noch eine Jacke über und fuhr los. Ein leichter Nieselregen setzte ein. 25 Minuten später war sie bei Reinhild. Sie zitterte, weil ihr so kalt war. Reinhild meinte, dass da nur Grog hilft.
Sie genehmigten sich einen.
Else erzählte nichts von Heinz, und ihren Bedenken. Sie fragte nur: „Hast du Heinz mal irgendwann gesehen? Der ist nur noch unterwegs."
Reinhild meinte, „ich habe ihn vor drei Tagen gesehen. Er hatte so gute Laune. Er ist immer so nett und zuvorkommend. Ein feiner Kerl, findest du nicht, Else."
Else war ein bisschen neben der Spur, weil Reinhild das von Heinz so sagte.
„Ähm ja, finde ich auch. Wirklich nett ist er."
„Wäre das nichts für dich, Else? Ihr seid doch vom Alter her gleich alt, oder?"
„Nee, Heinz ist älter als ich, aber er hat ja auch eine Freundin."

„Echt, das wusste ich gar nicht. Wer ist es denn? Kenne ich sie?", fragte Reinhild neugierig nach.

„Ich kenne sie auch nicht, aber er wohnt schon halb bei ihr. Hast du noch so einen Grog?" Da Reinhild davon ausging, dass Else mit dem Bus gekommen war, schenkte sie ihr noch reichlich ein. Stunden später, sie wollte gerade los, sah sie den Pulli von Heinz an der Garderobe liegen. *‚Das ist doch der Pulli von Heinz,'* dachte Else.

Sie nahm ihn hoch und roch daran. Er war es. Jetzt wusste sie, wer die neue Flamme im Leben von Heinz war. Reinhild, diese Schlange. Da Reinhild noch auf der Toilette war, nahm Else ihre Jacke und verließ wortlos die Wohnung.

Else hatte ganz schön einen im Kahn. Der Regen war stärker geworden. Die Straßen glitschig. Sie konnte kaum etwas erkennen. Es war schon so dunkel geworden. Sie fuhr langsam und konzentrierte sich. In Gedanken ging sie das immer wieder durch.

‚Klar, er ist ja so nett und hilfsbereit, dieses Miststück.'

Ein Polizeiwagen überholte sie und fuhr dann vor ihr. In der Heckscheibe des Autos leuchtete ein Schild mit den Worten „Bitte folgen." Dann kam eine Kelle aus dem Beifahrerfenster. Sie fuhr hinter dem Polizeiwagen und hielt an.
„Guten Abend, Madam. Sie sind Schlangenlinien gefahren, haben sie etwas getrunken?", fragte der Polizist freundlich. Als Else ihren Helm abnahm, staunte der nicht schlecht. Ein altes faltiges Gesicht kam zum Vorschein, eine Alkoholfahne gleich dazu.
„Darf ich mal die Zulassung sehen?" Else kramte in der kleinen Tasche, vorne am Lenker, fand sie und gab sie dem Herrn.
„Alles in Ordnung so weit. Zurück zu meiner Frage:
Haben sie alkoholische Getränke zu sich genommen?" Elses Gedanken fuhren Achterbahn. *‚Was will Heinz von Reinhild, die ist doch viel zu nett. Die passt überhaupt nicht zu ihm.'*
„Da Else nicht antwortete, sagte der Polizist: „Steigen sie bitte ein. Den Roller packen wir in den Kofferraum, wir nehmen sie erst einmal mit.

Die Polizisten dachten: *‚die Alte ist völlig verwirrt.‘* Else dachte: *‚das ist ja nett, dass mich die Herren nach Hause fahren.‘*

*

Heinz weiß, was er will

Heinz war voll in seinem Element. Er schraubte jeden Tag in Thiemos Werkstatt an seiner Harley herum, damit es ein Unikat wird. Reinhild hatte ihren Sohn informiert und gesagt, dass sie erwarte, dass sie Heinz helfen. Nun, so eine Harley kann man auch kaufen, aber wir mussten sie tiefer legen, damit Else mit den Beinen auf den Boden kommt. Dann sollte noch ein extra Sitz drauf, falls Heinz fuhr und Else hinten drauf konnte.
Die Seitenspiegel mussten anders aussehen.

Dann haben wir am Klang der Maschine gearbeitet und eine Speziallackierung sollte sie auch noch bekommen. Es war ganz schön viel Arbeit, aber es sollte sich auch lohnen, damit Else sich aber mal so richtig freut. Heinz dachte:
‚und wenn sie dann happy ist, mache ich ihr einen Antrag. Ring ist schon da.'
Sein Armband hatte er so lange abgenommen, damit dieses kostbare Stück nicht verschmutzt. Thiemo meinte zu ihm: „Heinz, du weißt, was du willst, das finden wir alle gut.
Wenn es so weit ist, lassen wir uns was einfallen, damit auch alles funktioniert."
Heinz konnte sich auf die Jungs verlassen. Reinhild hatte nicht zu viel versprochen. Das war schon eine großartige Frau, aber das Herz von Heinz schlug für Else.

*

Heinz kam völlig kaputt nach Hause. Der Tag war anstrengend. Er hatte zum Schluss noch mit den Jungs etwas von McDonald gegessen.

Else erwartete ihn schon.
Als er von seinem Abstellplatz, vor der Garage, nicht mehr ins Haus gehen wollte, kam ihm Else entgegen.
Heinz wollte nur noch duschen, seine Zigarre rauchen und ins Bett. Morgen würde die Karre neu lackiert. Heute haben sie nur vorbereitet.
„Hallo Heinz, sage mal, wird deine Wohnung demnächst frei?"
Heinz verstand die Frage nicht. Deshalb fragte er nach: „Wieso?"
„Na, du bist ja kaum noch zu Hause. Dein Armband hast du auch nicht mehr um, und Hunger hast du auch nicht mehr. Frisch verliebt?", fragte Else voller Sarkasmus nach.
Heinz verstand das natürlich verkehrt. Er dachte, ob er in Else verliebt ist. Schon sagte der: „Ja, und wie." Das reichte Else. Sie war wütend, sauer, enttäuscht. Wie konnte er ihr das nur antun.
Also gab sie vor, weil sie ihre Verletzung nicht zeigen wollte: „Ich frage nur wegen der Wohnung, weil, ich habe einen neuen Freund. Der ist Ausländer, sehr rassig und gutaussehend."

Sie wollte Heinz eifersüchtig machen, nur mal so. Aber Heinz fragte:
„Hat er denn eine Aufenthaltsgenehmigung?"
„BITTE?", schrie Else und knallte die Tür zu.
Heinz verstand das nicht, also ging er traurig in seine Wohnung. Die ganze Arbeit umsonst. Er hatte gar nicht mitbekommen, dass sie einen neuen Freund hatte, überlegte Heinz.
Dann ging er duschen. Er weinte wie ein kleines Kind. Er liebt sie doch so sehr.
Als er fertig war, holte er das Armband raus und band es um, damit sie wenigstens nachts bei ihm war, rein vom Gefühl. Unruhig schlief er ein.

*

Else war stinkesauer. Deshalb köpfte sie sich erst einmal ein Bier, das sie fast auf ex trank.
Oma Thiel kam herein.
„Hallo Else, alles klar bei dir?", sagte sie eher beiläufig.

„Nichts ist gut, gar nichts ist gut, alles scheiße!", rief sie erbost und verließ die Küche.
Oma Thiel schaute ihr hinterher, da sie wütend die Küche verließ.
Dann kam sie nochmal zurück und keifte Oma Thiel an: „Damit du Bescheid weißt, ich ziehe demnächst in die Wohnung vom Heinz. Der zieht nämlich zu seiner Freundin Reinhild, dieser blöden Kuh. Und bevor du fragst, ja, er hat eine Aufenthaltsgenehmigung. Denn ich habe gar keinen. Es ist zum Kotzen. Ich will ihn nicht, aber wenn er mich nicht will, ist das noch schlimmer, ich glaube, ich will ihn doch."
Oma Thiel verstand kein Wort. Sie nahm ihre Freundin in den Arm und streichelte ihren Kopf. Else weinte hemmungslos in ihren Arm. So kannte sie Else gar nicht. Dann erzählte Else unter Tränen, was sie weiß und warum sie gerade mit Heinz Streit hatte. Erst jetzt verstand Oma Thiel das ganze Durcheinander, das Else vorher erzählte.

*

Oma Thiel Werner fragte nochmal, ob er weiß, ob Heinz mit Reinhild zusammen ist.

Er vermutete das nur, weil er bis nachts bei ihr war. Das reichte Elfriede. Sie rief Reinhild an und verabredete sich für den nächsten Tag mit ihr.

Am Morgen nach dem Frühstück, das wieder ohne Heinz ausfiel, fuhr Oma Thiel zu Reinhild.

Ohne große Umschweife, fragte sie Reinhild, ob sie ein Verhältnis mit Heinz hatte. Sie lachte sich erst einmal kaputt und meinte: „Um es aus Shakespeares Hamlet Akt 4 Szene 5 Vers 28 zu zitieren: ***NEIN.***"

Damit hatte sie alles gesagt.

Reinhild erzählte Elfriede alles. Aber sie musste schweigen, sonst würde die Überraschung nachher noch in die Hose gehen. Oma Thiel freute sich wie ein kleines Kind. Sie tranken noch ein Glas Sekt, oder zwei. Dann fuhr sie wieder heim.

Dinner in the dark

Am nächsten Morgen musste sich Heinz beeilen.
David, der Lackierer kam heute, um der Maschine den letzten Schliff zu verpassen. Als er unterwegs war sah er, dass er am Handgelenk noch sein Armband trug. Er hatte vergessen, es heute Morgen wieder abzulegen.
Heinz war fünf Minuten zu spät. Thiemo kam ihm schon entgegen und meinte:
„Wo bleibst du denn. David ist schon da. Er sucht sich gerade die Farbe Rosa aus. Das geht gar nicht.
Heinz hatte in der Eile sein rosafarbenes T-Shirt geschnappt. Das von Camp David.
Er wollte sich dort umziehen, damit es zu Hause nicht so auffiel, wenn er alte Klamotten trug.
David begrüßte er mit einem Lächeln, wie nur Heinz es kann. David fiel das rosa Shirt auf und auch das Armband mit den ganzen Perlen.

‚Dieser Heinz ist wohl auch schwul, wie schön,' dachte David.

Er begrüßte Heinz mit einem Küsschen links und rechts, was Heinz sehr irritierend fand. Thiemo sah das und meinte gleich zu David: „Heinz ist nicht schwul, er will die Maschine haben, weil er seiner Flamme einen Antrag machen will."

„Oh, wie schade.", kam von David. Heinz schaute ihn entsetzt an.

David hatte ein schönes Rosa für die Maschine gefunden, das auch gut zu seinem Shirt passen würde. Das lehnte Heinz aber ab. Gerade jetzt, wo er für schwul gehalten wurde.

Es wurde abgestimmt und später wurde sich auf die Farbe *‚Creme'* geeinigt. Das passt zu Beiden gut. David zog sein Shirt aus und stieg in einen Overall, der schon voller Farbe war. Dann begann er, wie es sich für einen richtigen Schwulen gehört, mit dem Po zu wackeln, um der Maschine den richtigen Schliff zu verpassen. Die anderen nahmen sich ein Frühstücksbier und stießen an. Heinz überlegte.

Er war sich gar nicht mehr so sicher,
denn Else hatte einen neuen Freund.
Wer das wohl war? Er trank gleich noch
ein zweites Bier hinterher. Heinz war
nicht mehr so gut drauf, wie zu Anfang
seiner Idee. Soll er alles abbrechen, er
wusste es nicht.

*

Als Oma Thiel nach Hause kam und Else
vorfand, die völlig fertig auf der Couch
saß, konnte sie sich nicht verkneifen
etwas zu sagen:
„Wichtiges Geheimnis bittet um
Landeerlaubnis."
Else schaute sie ungläubig an.
Oma Thiel grinste und meinte: „Komme
gerade von Reinhild, ich weiß alles."
Else platzte vor Neugier und sagte:
„Erzähle es mir doch, bitte. Ich
verspreche dir auch, ähm, ich
verspreche dir, mein Gott, was kann ich
dir denn mal versprechen…..," überlegte
Else noch, als Elfriede meinte:

„Ich erzähle es dir erst, wenn du mir erzählst, ob du etwas für Heinz empfindest."

Else antwortete: „Na ja, mit dem ausländischen Freund, das habe ich nur gesagt, weil Heinz auch jemanden hat, und das hat mich gestört. Ob ich etwas für Heinz empfinde, kann ich dir nicht sagen.

Ich weiß es nicht. Er war immer da. Wenn ich mir vorstelle, dass er mit meiner Freundin Reinhild zusammen ist, bin ich irgendwie eifersüchtig. Ach, ich weiß es doch auch nicht Elfriede. Was ist denn nun?"

Oma Thiel tätschelte ihre Hand, die auf dem Küchentisch lag und meinte:

„Heinz ist nicht mit Reinhild zusammen. Er hatte sie besucht, das ist richtig, aber er wollte etwas wissen, was Thiemo angeht. Da er vorher noch bei Werner war und ein Bier getrunken hatte, nahm er seinen Pulli in die Hand und hatte ihn dann dort vergessen. Das war alles."

Else hatte feuchte Augen. Irgendwie fiel ihr ein Stein vom Herzen. „Aber wieso ist er dauernd weg und isst auch nicht mehr hier?"

„Das kann ich dir nicht sagen. Ich weiß nur, dass du Heinz als selbstverständlich hingenommen hast und du dir mal Gedanken darüber machen solltest,
ob nicht doch was aus euch werden könnte. Immerhin ist er jünger als du, und attraktiv ist er auch. Ich denke schon, dass Reinhild ihn ganz gut findet, aber Heinz steht nicht auf sie.
Zu brav, hatte er mal gesagt." Dann ließ sie Else allein, damit sie nachdenken konnte.
Verträumt und jetzt etwas besser drauf dachte sie an Heinz: *‚Ich vermisse ihn, aber lieben, so wie ich Harald geliebt habe, ich weiß nicht.*
Else wurde in ihren Träumen unterbrochen, weil Heinz, der mit einem Mal in der Küche stand, sie fragte:
„Hast du Lust mit mir am Samstag etwas essen zu gehen? Und zwar im: „Dinner in the dark." Das heißt, wir essen in Dunkeln. Um 19:00 Uhr?"
Else war so überrascht, dass Heinz sie das fragte und dachte, natürlich ist das zu dieser Jahreszeit um 19:00 Uhr schon dunkel, aber sie schmachtete: „Sehr gerne Heinz, ich freue mich."

„Okay, dann können wir das auch von unserer Löffelliste streichen."
‚*Ach,* dachte Else, *er macht das nur wegen der Löffelliste. Also hat er ein schlechtes Gewissen.*
Aber er trug Elses Armband wieder. Egal, Hauptsache, ich mache mal wieder was mit Heinz. Für Heinz war in der Werkstatt heute nichts zu tun, deshalb ist er nach Hause gefahren.
„Auch ein Bier?", fragte Heinz noch.
„Sehr gerne," kam zurück. Dann machte er ihr das Bier auf, stellte es auf den Tisch und meinte: „Wenn du meine Wohnung unbedingt haben willst, kannst du mit deinem neuen Freund da einziehen. Ich suche mir dann etwas anderes."
„Einziehen? Wer, ich? Warum und wieso Freund?"
Else schaute ihn fragend an, aber Heinz verließ die Küche, nahm seine Bildzeitung und sein Bier und verschwand in seiner Wohnung.
Else schaute völlig blöd aus der Wäsche.
‚*Es muss ein Plan her, wie sie Heinz dazu bekommt, dass sie wieder die Nummer eins wird. Sie brauchte ein neues Kleid.*

Ein elegantes, schwarzes Minikleid. Ein Hauch von Nichts. Dazu teure Unterwäsche und hochhackige Schuhe. Die Handtasche, die mir Heinz mal geschenkt hatte und schminken lassen, am besten von Conny. Die konnte das so gut.'

Das Telefon klingelte. Else ging ran. Die Polizei, dein Freund und Helfer. Als sie neulich von der Polizei angehalten wurde und nach Hause gebracht wurde, hatten sie nochmal ein Auge zugedrückt. Weil Else nicht wusste, dass im Grog auch Alkohol war. Jetzt fragten sie nur nach ihrem Befinden.

Nach dem Telefonat stellte Else das Bier wieder in den Kühlschrank und rief mich an.

„Hallo Conny, ich bin es, Else. Ich muss gut aussehen. Heinz will mit mir schick Essen gehen. Kannst du mich schminken?"

„Oh, hallo Else, was heißt denn gut aussehen, elegant oder Rockerbraut?"

„Elegant, ich will wieder die Nummer eins werden. Ich kaufe mir morgen ein Hauch von Nichts."

„Ich kann doch mitkommen und dich beraten?" Ich wusste, wenn Else allein losgeht, kommt immer eine Katastrophe dabei heraus.
„Ja gerne, ich frage noch Elfriede und anschließend lade ich euch zum Essen ins Steakhaus ein. Haben lange nichts mehr zusammen gemacht."
„Prima Idee, ich hole euch Morgen so um 12:00 Uhr ab."
Ich freute mich, mal wieder etwas mit den Mädels zu unternehmen.
Oma Thiel war begeistert, als Else ihr davon erzählte. Natürlich hatte sie sich Zeit genommen. Außerdem war es immer lustig, wenn drei Frauen shoppen gehen.
Als wir in der Einkaufsstraße ankamen, steuerte Else auf einen Sexshop zu. Sie meinte: „Da bekomme ich schon mal die Unterwäsche. Oma Thiel und ich konnten uns schon jetzt nicht mehr halten, vor Lachen. Aber wir gingen mutig rein. Als Else ihre Wünsche äußerte, lachte der junge Mann sie aus.
„Hey Alter, Wärmeunterwäsche haben wir hier nicht, zisch ab."

Klatsch, hatte er eine schallende Ohrfeige von Else bekommen. Beim Rausgehen sagte ich zu dem Verkäufer: „Sie hätten ein Vermögen gemacht heute. Diese Dame hat Geld wie Heu und sie war jahrelang bei der Presse. Das wirft kein gutes Licht auf den Laden. Wie lange waren sie hier beschäftigt, morgen nicht mitgerechnet?" Völlig verwirrt schaute uns der Verkäufer hinterher und rief: „Entschuldigung, das war nicht so gemeint!"

„Zu spät," sagte Oma Thiel „und wenn schon, dann Alte und nicht Alter." Alle verließen mit erhobenem Kopf den Laden. Draußen haben wir uns bald in die Hosen gemacht, so haben wir gelacht. Wir fanden in einer Wäscheboutique richtig tolle Unterwäsche für Else.

Als Else im Laden nebenan Kleider probierte, verdrehte Oma Thiel nur die Augen.

„Du bist doch keine zwanzig mehr, Else," donnerte sie los. Ich konnte sie verstehen. Die Kleider gingen nur bis knapp über den Po.

Ich meinte dann zu Else: „Du sollst wie eine richtige Dame aussehen, und nicht so nuttig.
Du hast doch die Figur danach." Das saß, jetzt probierte sie Kleider, die knapp übers Knie gingen, wenigstens etwas. Bei den Schuhen konnte sie nicht ganz so hohe nehmen, weil sie keinen einzigen Schritt damit laufen konnte. Wir fanden aber auch noch Schuhe, die bequem waren und trotzdem gut aussahen.
Danach gingen wir alle noch etwas essen und feierten unser Mädels Tag. Oma Thiel und ich bemerkten, dass Else doch mehr von Heinz will, als sie zugibt. Darauf stießen wir an.

*

Am Samstag war Else aufgeregt, wie eine frisch Verliebte. Aber sie war ja nicht verliebt. Sie dachte sich: ‚*Vielleicht sind da noch andere Männer, die man kennenlernen kann, so gut, wie sie heute aussah.*'

Als Heinz seine Else sah, war er hin und weg. Deshalb meinte er zu ihr: „Else, du siehst fantastisch aus, wie machst du das nur, das du von Mal zu Mal jünger wirst."
Else wurde richtig rot im Gesicht. „Danke, du siehst aber auch sehr elegant aus, Heinz." Nachdem die Höflichkeitsfloskeln ausgetauscht waren, wurde es ziemlich ruhig auf der Fahrt. Beide wirkten verkrampft.
Am Eingang des Restaurants musste man klingeln. Ein Ober begrüßte uns nett. Dann nahm er die Hand von Else und führte sie in das Lokal. Bei Heinz wurde das gleiche gemacht, allerdings von einer Kellnerin. Else dachte: *‚Der wäre schon mal was für mich.*
So 40 Jahre müsste er auch schon sein. Sehr nett auf alle Fälle.'
Sie wurde in einen dunklen Raum gebracht. Else verkrampfte sich am Arm des Obers. „Habt ihr kein Licht? Habt wohl die Stromrechnung nicht bezahlt, was?", scherzte sie. Der Ober stellte sich als Julian vor und er wird für heute nur für sie da sein, versprach er.

„Könnt ihr mal das Licht anmachen, ich sehe ja gar nichts, hier drin. Gehen wir in einen Darkroom?" Else kicherte. Irgendwie fand sie das spannend. Als beide am Tisch saßen, meinte Heinz: „Wir essen heute im Dunkeln. Das wird ein fünf Gänge Menü. Das ist ein besonderes Lokal."
„Aber wenn das so dunkel bleibt, sehe ich doch gar nicht, was ich esse.", maulte Else. Allmählich gewöhnten sich die Augen an die Dunkelheit. Sie dachte: *‚ich frage mich, warum ich mich so in Schale geworfen habe, wenn es doch keiner sieht. Mein Slip tut mir auch weh. Der rutscht immer in die Po Ritze. Na, wenigstens sieht es keiner, wenn ich den zwischendurch mal aus der Ritze hebe.* Champagner wurde gereicht und als Heinz mit Else auf den Abend anstoßen wollte, klirrte ein Glas. Heinz hatte zufiel Schwung, sodass er Elses Glas demolierte. Sie durften am Nebentisch Platz nehmen. Jetzt waren sie vorsichtiger. Es gab eine Suppe zur Vorspeise.
Weil Else nichts sehen konnte, hielt sie einen Finger in die Schale, um zu sehen,

wie heiß die Suppe war. Sie schrie leicht auf. „Was ist los?", fragte Heinz. Sie antwortete nur: „Pass auf, die Suppe ist heiß."
Das ging ganz gut.
Als nächstes gab es ein Brot mit Kräuterbutter. Heinz langte zu. Else aß das Brot trocken, sie fand die Kräuterbutter nicht. Mochte aber nichts sagen.
Jetzt der Salat. Das Dressing bestand extra aus Öl und Essig. Heinz fragte, „soll ich dir etwas auf den Salat geben, liebe Else?" „Sehr gerne, kam zurück."
Heinz schüttete etwas Essig auf den Salat, einige Spritzer landeten im Champagnerglas. Mit dem Öl tat er das Gleiche.
‚*Irgendwie schmeckt das alles so fad,* dachte Else.
Der Champagner schmeckte auch nicht mehr, irgendwie nach Essig.'
Sie hatte aber Hunger, also aß sie den Salat mit den Nüssen. Nüsse sind für falsche Zähne fatal. Da setzt sich schnell mal etwas drunter.
Schon nahm sie ihre Zähne raus und wischte mit einem Tuch,

eher eine Ecke der Tischdecke über ihre Zähne. Dann schob sie sich diese wieder in den Mund. ‚*Sieht ja eh keiner.*‘
Der Hauptgang kam. Ein Steak, welches sie selbst am Tisch schneiden muss. Sie tastete das Fleisch ab, hatte jetzt fettige Finger.
Auch die putzte sie im Tischtuch ab. Heinz nahm das Steak und biss wie ein Neandertaler davon ab. Die Pommes konnte er gut mit der Hand essen. Else war es leid. Der Slip von ihr hing schon wieder in ihre Po Ritze. Sie zog ihn kurzerhand aus. Jetzt ging es ihr besser. Sie fand ihre Handtasche nicht mehr, also gab sie Heinz den Slip. Der verstand das aber falsch und dachte, es wäre eine Serviette. Also wischte er sich seine Hände und den Mund mit dem Schlüpfer ab.
Else aß nur ein paar Pommes Frites. Der krönende Abschluss war das Dessert. Heinz war noch am überlegen, ob er den Ring, den er für Else gekauft hatte, im Dessert verstecken sollte. Aber er hatte Angst, dass Else nachher den Ring verschluckt. Deshalb hatte er es gelassen.

Sie lachten viel, weil sie nichts sahen.
Und wieder stellte Else fest, dass sie sich super mit Heinz verstand. Auch seine Stimme hörte sich in der Dunkelheit anders an, irgendwie erotischer. Als sie draußen waren, sahen sie sich an und bekamen beide einen Lachflash. Sie waren völlig bekleckert. Woanders noch hingehen konnten sie so vergessen.
Aber lustig war es schon, dieses Essen.
Else fragte nach ihrem Slip.
„Slip, du hast mir nur ein Tuch gegeben, damit habe ich mir den Mund und die Finger abgewischt. Wenn ich gewusst hätte, dass es dein Schlüpfer war, hätte ich ihn liebend gern eingesteckt."
„Was die da drinnen wohl alles so erleben mit den Leuten," sagte Else.
Von dort aus, fuhren sie nach Hause. Keiner war da, alles ausgeflogen. Heinz meinte: „Ich gehe eben noch eine Runde mit Struppi." „Okay," meinte Else.
Als sie in der Küche war, schenkte sie sich erst einmal einen Ramazzotti ein. Nach der ganzen Aufregung brauchte sie den.

Heinz kam schnell wieder. Auch er schenkte sich einen ein und holte zwei Bier raus.

So saßen sie noch eine ganze Weile und unterhielten sich.

‚Alles ist bei Heinz so vertraut,' dachte Else.

Nachdem zwei Stunden vergangen waren, meinte Else: Was willst du Heinz. Sex, eine Massage, oder einen Gutschein für den Zoo?" Heinz war verwirrt und meinte: „Ich dachte, du hast einen Freund?

Aber wenn du mich so direkt fragst, nehme ich das erste mit den drei Buchstaben." „Zoo?"

„Nein Sex." „Okay, dann komm mit nach oben."

Im Schlafzimmer zogen sich beide aus und kuschelten miteinander.

Heinz dachte an seine kleinen blauen Viagra Tabletten, die in seiner Schublade in der Wohnung lagen, so ein Mist.

Else dachte, sie hätte ihm doch lieber den Gutschein für den Zoo schenken sollen.

✻

Harley Davidson

‚Schade, dass es gestern mit Else nicht so gut lief, dachte Heinz. *Sie hätte mir das aber auch früher sagen können, dass sie mit einem Mal Sex will. Ich schleppe die Viagra ja nicht laufend mit.'*
Die Jungs von Reinhild hatten ganze Arbeit geleistet. Die Maschine war der Hammer. Die hatten sogar zwei Einzelsitze, in Creme, hintereinander auf dem Motorrad montiert.
Das kleine Nummernschild mit G & H und die Zahlen 77 waren großartig geworden.
Heinz war begeistert, alles stimmte.

Auf dem Tank wurde mit Airbrush das Bild von Else aufgetragen. Darunter stand: „Irgendwelche Fragen?"
Jetzt muss es nur noch einen schönen sonnigen Tag im November geben und er würde seine Else überraschen. Die Jungs waren alle bereit.

*

Oma Thiel hatte mit Werner ein Streitgespräch. Sie wollte ihre Hochzeitsfeier nachholen, aber er meinte, dass wäre doch nicht nötig. Kniepig ist er geworden,
seit sie verheiratet waren. Sie hatte extra die schönen Einladungskarten mit den Schuhen drucken lassen. Das ist für sie rausgeschmissenes Geld. Oma Thiel war sauer. Werner verstand das natürlich nicht. Aber, weil er keinen Stress wollte, meinte er: „Wenn es dich glücklich macht, dann schmeißen wir nochmal eine Party, mit allem Drum und Dran." „Werner, du bist ein Goldschatz." Sie drückte ihm einen dicken Schmatzer auf den Mund.

Später rief sie mich an: „Hallo Conny, du wirst es nicht glauben, aber ich feiere meine Hochzeit nach, was sagst du nun?"
„Ähm, ich würde noch ein, zwei Wochen warten. Vielleicht wird es eine doppelte Feier. Heinz und Else kommen sich gerade näher."
„Oh, das wäre ja so großartig. Dann wird Else endlich mal vernünftig."
„Na ja, ob sie vernünftig wird, bezweifle ich. Ob mit Heinz oder ohne. Sie ist und bleibt eine Chaotin," sagte ich lachend ins Telefon.
Auch Oma Thiel lachte, und meinte: „Du hast ja Recht."
Wir klönten noch ein bisschen, dann legten wir auf.

*

Else hatte schlechte Laune. Der blöde Führerschein dauert ihr zu lange. Wenn der Fahrlehrer mal ein richtiges Motorrad kaufen würde, hätte sie den Lappen schon. Aber nein, es muss ja so eine Honda sein.

Jetzt hatte sie die theoretische Prüfung
so gut geschafft und beim Fahren hapert
es. Nächste Woche soll es noch mal
zwei, drei schöne Herbsttage geben.
Da wollte sie ihre Motorradprüfung
ablegen. Das wusste aber keiner. Denn,
falls sie durchfallen sollte, bekommt es
keiner mit.

*

Heinz allerdings wusste von der Prüfung.
Er hatte kurzerhand in der Fahrschule
nachgefragt und bekam auch die
Auskunft, dass Frau Schmidt so gegen
dreizehn Uhr dran wäre. Auch Heinz
erzählte keinem von seinem Vorhaben.
Die Jungs mit ihren Haleys wussten
Bescheid.
Heinz sollte an dem Tag die neue
Maschine in Empfang nehmen.

*

Als noch alle drei beim Frühstück
zusammensaßen fragte Heinz so

unauffällig wie nur möglich: „Und Mädels, was habt ihr denn heute so vor?" Oma Thiel bemerkte das Unbehagen von Else und meinte: „Ich bin heute mit Conny verabredet, vielleicht möchtest du mitkommen, Else?"
„Nö, lass man, ich habe auch noch eine Verabredung. Und du Heinz, was machst du heute Schönes?"
„Ich muss noch zur Werkstatt, mein Auto klappert so komisch."
Else wusste, dass das eine Lüge war. Er hatte eine Neue, soviel war klar.
Else hatte alles versucht, rauszubekommen, wer es ist, aber mit dem Auto war er nie einzuholen. *‚Wenn ich meinen Führerschein habe, werde ich es schon rausbekommen,'* dachte sie.
Heinz erhob sich hektisch, räumte seine Sachen weg und meinte: „Tschüss, bis später mal." Weg war er. Oma Thiel verschwand auch in ihrem Zimmer und Else verzog sich ins Bad.
‚Heute ging es los,' dachte sie. Entweder schafft sie es oder nicht.
Pünktlich um 12:30 Uhr stand sie vor der Fahrschule.

Das Wetter spielte mit. Zwanzig Minuten später kam der Fahrlehrer mit dem Prüfer an. Ein Junge auf dem Motorrad fuhr vorweg. Der Prüfer sagte lapidar: „Ja, junger Mann, wenn sie das Stoppschild nicht überfahren hätten, wäre es vielleicht was geworden. So haben sie leider nicht bestanden, tut mir leid."
Der Junge war sauer und sagte: „Ja, okay, war meine Schuld."
Dann verschwand er.
Jetzt sah der Fahrlehrer Else und auch der Prüfer, der dann sogleich meinte: „Da bin ich ja mal gespannt, Frau Schmidt."
„Nicht nur sie, ich auch," antwortete sie keck.
Else war schon froh, dass es nicht regnete. Sie kam kaum mit den Füssen auf den Boden und wenn dann noch rutschiger Boden war, schaffte sie das kaum. Der Fahrlehrer und der Prüfer fuhren hinter Else her und gaben Anweisungen durch ein Headset.
Sie fuhr erst einmal nur geradeaus.

Dann eine Rechtskurve, Schulterblick nicht vergessen. *‚Bloß nichts verkehrt machen,'* dachte sie.

Dann kam ein anderer Motorradfahrer mit einer Harley. Er fuhr hinter dem Fahrschulauto her. Dann ein zweiter, ein dritter, ein vierter. Die Ampel zeigte auf Rot. Die Harleys fuhren an dem PKW vorbei und hielten neben Else. Der Prüfer rief: „Auch du Scheiße, das gibt Ärger. Hoffentlich behält sie ihre Nerven." Während er das zum Fahrschullehrer sagte, hielt er das Mikrofon zu. Else schaute zur Seite und sah die ganzen Harley Fahrer. Es gab ihr eine Art Sicherheit.

Ein Gefühl in der Mitte aufgenommen zu werden. Sie strahlte nur noch. Ein fünfter Harley Fahrer kam hinzu, mit einer sehr edlen weißen Harley. *‚Man, sah das gut aus,'* dachte Else. Sie fuhren aus der Stadt und hatten das Ortsausgangschild passiert.

Else bekam immer wieder neue Anweisungen vom Prüfer, aber die Motorradfahrer blieben in ihrer Nähe. Immer schön hinter Else. Dann sprang unverhofft ein Reh aus dem Wald.

Gekonnt bremste sie leicht ab und machte einen kleinen Schlenker.
Sie war sich so sicher, wie noch nie zuvor. Die Maschinen blieben immer in ihrer Nähe. Erst als sie wieder kurz vor der Fahrschule waren, bogen sie ab und grüßten sie. Else hob auch zum Gruß die Hand.
Der Prüfer stieg mit seinem Beifahrer aus und meinte: „Donnerwetter, sie haben sich ja nicht aus der Ruhe bringen lassen, bravo. Herzlichen Glückwunsch, das haben sie wirklich großartig gemacht. Sie haben bestanden.
Der Fahrlehrer beglückwünschte sie und dann waren sie auch schon mit dem nächsten Schüler unterwegs. Jetzt stand sie da, mit ihrem neu erworbenen Führerschein.
Sie hatte das Brummen von den Harley noch im Ohr, als sie dieses Geräusch erneut hörte. Da kam die weiße Harley mit dem gutaussehenden Mann direkt auf sie zu. Er hielt und fragte: „Bestanden?" Else nickte. Erst jetzt nahm er seinen Helm und die Sonnenbrille ab.

„HEINZ!" Else verstand nur Bahnhof.
„Was machst du mit so einer Maschine?
Ausgerechnet Du?"
„Ja, Else, ausgerechnet ich.
Man verliert niemals seine Stärke.
Manchmal vergisst man nur, dass man
sie hat. Ich haben in den letzten
Wochen nur daran gesessen, diese
Maschine für dich herzurichten. Else sah
ihren mit Airbrush gemalten Kopf mit
dem Text und weinte vor Glück. Noch
mehr freute sie sich, dass er doch keine
andere Freundin hatte, wie erst
angenommen. Er gab ihr einen Helm
und eine Sonnenbrille. Dann fragte er:
„Willst du fahren?"
„Nein, aber ich möchte so gerne hinten
drauf und mit dir zusammenfahren. Sie
nahm ihn in den Arm und küsste ihn.
Freudestrahlend nahm sie den Helm
und setzte ihn auf, dann die
Sonnenbrille. Heinz fuhr los, eine kleine
Vibration war am Po zu spüren. Als er
wieder aus der Stadt fuhr, bemerkte
Else die ganzen Harley Fahrer von
vorhin. Heinz meinte zu Else durch das
Headset, „das sind die Jungs von
Reinhild. Die haben mir geholfen."

Es war ein wildes Hupen und Getöse zu hören. Dann umarmte sie Heinz ganz eng und schmiegte ihren Körper an seinen. Sie dachte: *‚Heinz ist schon Okay und er ist ja auch jünger. Zwar nur ein Jahr, aber immerhin.'*

Als sie den Kopf an seinen Rücken schmiegte, sagte sie leise: „Heinz, ich liebe dich."

Heinz hatte es trotzdem gehört und sagte: „Else, ich liebe dich auch, schon immer." Ein wildes Hupkonzert folgte daraufhin. Die anderen Fahrer hatten das natürlich auch durch das Headset gehört.

Dann gab er Gas und man hörte nur noch ein Knattern durch die Landschaft.

✳

Für immer…..vielleicht

Das Jahr war ganz schön Turbulent!!
Else ist der Typ:

„Für immer, vielleicht"
Else hat sich Heinz geschnappt.
Else war sich ganz sicher, sie empfand was für ihren Heinz. Zumindest jetzt, wo sie bei ihm hinten auf der Harley saß.
Sie überlegte: ‚*Heinz ist schon ein Guter, ich werde ihn erst einmal behalten. Das* heißt nicht, dass es vielleicht noch den einen oder anderen im Leben geben könnte. Sie ist schließlich keine Hundert, sondern gerade mal 80.'
Als sie den Gedanken abgeschlossen hatte, war sie zufrieden mit ihrem Ergebnis und schmiegte sich noch enger an Heinz an.
Heinz spürte es sofort und war überglücklich, endlich seine Else bekommen zu haben. Er dachte: ‚*wenn der richtige Zeitpunkt gekommen ist, werde ich sie fragen, ob sie mich Heiraten will, jawohl. Ich bin ein Mann, der vor nichts zurückschreckt. Dann hätte ich meine Else für immer'.* Dann schmunzelte er, weil er schon an den vielen Sex mit Else dachte.
Schließlich waren sie noch keine Hundert und er kann ja schlecht alles ausschwitzen

was sich so in den letzten Monaten angestaut hat. Außerdem läuft das Haltbarkeitsdatum von seinen kleinen blauen Tabletten ab. Er muss sich dringend neue Viagra besorgen. Else hat mehr Sexappeal in ihrem kleinen Finger als ich am ganzen Körper. Dann gab er nochmal richtig Gas.

Nach weiteren 30 Minuten Fahrt, fuhr Heinz auf einen Parkplatz, wo viele andere Motorräder waren und es eine Art Imbiss gab.

Es war der legendäre Treffpunkt für Motorräder. Da traf sich alles, was zwei Räder hatte und es wurde gefachsimpelt. Heinz bockte seine Maschine hoch und meinte zu Else. „Hole doch schon mal zwei Bier und zwei Currywürste. Hier schmecken sie am besten. Ich muss mal für kleine Jungs." Damit verschwand er.

Else packte den Helm, den Heinz ihr in die Hand gedrückt hat und ihren Helm an den Lenker. Dan schaute sie sich um. So viele junge gutaussehende Männer. Echt Wahnsinn.

Sie setzte sich auf einen der Holzbänke und beobachtete am Rande ein paar Jugendliche. Zwei Mädchen und ein Junge standen da rum. Dann kam ein zweiter Junge, der die Hosen in der Kniekehle hängen hatte. Else fand, das sah aus, als hätte er vor sieben Tage in die Hose gekackt und dann es täglich mit neuer Kacka gefüllt. „hey Alter, was geht ab," wurde er von den anderen begrüßt. Dabei klatschen sie die Fingerspitzen zweimal hin und her, dann die Fäuste oben und unten, dann nahmen sie die Hand hoch hielten sie zusammen und stießen mit den Schultern zusammen. Das eine Mädchen hatte einen geräumigen Pulli an und schwarze Springer Stiefel. Eine kaputte schwarze Netz Strumpfhose mit Löchern zierten ihre Beine. Sie rief: „Hey du Spacken, warum kommst du denn so spät?" Begrüßte den aber genauso wie der Junge zuvor. Das zweite Mädchen war ein bisschen geräumiger und trug einen Kopf ohne Hals. Sie wog bestimmt das Doppelte von Else. Auch sie begrüßte den Kackhosenjunge mit:

„Mensch Alter, das dauert immer bei dir.
Dafür kannst du gleich die erste Runde Bier ausgeben."
Da Else nicht genau wusste, wo sie das Bier holen sollte, brauchte sie nur den Kackhosenjungen folgen, um auch schon mal Bier zu holen.
Der Junge war dran: Er war dran.
„Mach mal vier Bier!"
„Bist du schon achtzehn?", kam als Frage zurück. „Jupp…..", kam als kurze Nachricht zurück.
Jetzt mischte sich Else ein, weil der Barkeeper zögerte.
„Ich kenne diesen Herrn, sein Name ist *Alter Spacken*', und er ist gerade achtzehn geworden." Sie wollte nur helfen.
Der Kackhosen drehte sich um und schaute sie verwirrt an und meinte: „Hä"?
Else darauf weiter: „Ab morgen trägt er auch nicht mehr die Kackhosen", die ihm schon bis in die Kniekehle rutschte.

Der junge Mann drehte sich zu Else um und meinte: „Verpiss dich." Da er das leise sagte und so zwischen den Zähnen zischte, hörte sich das so an: „Verpissssss dich."
Der Verkäufer fragte daraufhin Else:" Was hat er gesagt?"
Else: „Ich kann ihn auch nicht so gut verstehen, im Moment hörte er sich an, als würde er eine Heizung entlüften. Ich weiß nur, dass er ‚Alter Spacken' heißt. So nennen ihn seine Freunde."
Der Junge verdrehte die Augen und zog ab, ohne Getränke.
„Was darf es bei dir denn sein", fragte der Mann nun Else, weil der Junge ja weg war.
„Zwei große Bier und zwei Currywürste und einen Big Mac ohne Erdbeeren!"
„Erdbeeren?", fragte der Typ verdutzt nach.
Else daraufhin: „Nein danke, bitte ohne Erdbeeren."
Heinz kam endlich vom Klo und sah Else bei ihrer Bestellung.
Als er bei ihr ankam, meinte er: „Ich musste groß."

Daraufhin Else: „Immer noch besser, als in die Hose zu kacken, wie manche Jugendlichen."

Der Verkäufer stellte zwei Bier hin und zweimal Currywurst. Mit zögern stellte er den Big Mac dazu.

Er schaute unsicher zu Else. Dann rechnete er laut zusammen: „Zwei Bier 5,60 Euro. Else nahm das Bier und suchte schon mal einen Platz. Zweimal Currywurst 6,80 und einen Big Mac …… ohne Erdbeeren, das macht dann 16,10 Euro.

Heinz guckte ihn verdutzt an und fragte: „Wieso Erdbeeren, wir wollen keine Erdbeeren.

Der Typ verdrehte die Augen und sagte: „Gib mir fünfzehn und lass mich in Ruhe"! Heinz gab ihm den Zehner und einen Fünfer und ging mit dem Essen nach.

Er schüttelte den Kopf, als er bei Else ankam und meinte: „Der Typ wollte mir noch Erdbeeren andrehen, wollte ich aber nicht. Das schmeckt nicht zu Bier". Dann stieß er mit seiner Else an und beide ließen es sich schmecken.

„Recht hast du, Prost, mein Liebster", hauchte Else ihren Heinz an.

*

Zu Hause war Oma Thiel in Aufregung. Werner war mit seiner Tochter Kathi, ihren Sohn Nico und ihren Lebensgefährten Ole zu Besuch. Kathi war kurz vor der Niederkunft ihres Babys.
Ich hatte mich ein bisschen verspätet, weil ich im Stau stand.
Es wurde gerade Kaffee und Kuchen gespeist, als ich endlich dazu stieß.
„Hui, dein Bauch ist aber ganz schön gewachsen", meinte ich, als ich Kathi sah.
Sie lächelte und streichelte über ihren Bauch.
Oma Thiel und ich tranken nach dem Kaffee noch einen Sekt.
Die Männer zogen sich mit einem Bier in die Wohnstube zurück, Fußball gucken.
Mitten im Gespräch ging der Schlüssel in der Wohnungstür.

Else kam in voller Motorradtour in die Küche, Heinz folgte ihr. Heinz warf seine Motorradjacke über eine Stuhllehne und holte sich ein Bier aus dem Kühlschrank, und ging zu den Jungs zum Fußball gucken. Else räumte die Jacke vom Heinz weg und zog sich ebenfalls aus, bevor sie sich einen Sekt einschenkte.
„Was gibt es Neues?", fragte sie in die Runde.
Ich daraufhin: „Kathi möchte ihr Kind unter Wasser zu Welt bringen".
Else verschluckte sich an den Sekt, den sie gerade zu trinken begann. Sie prustete und sagte hustend:
unter Wasser? Da ersäuft das Kind ja gleich".
Heinz kam in die Küche und brauchte Biernachschub, für sich und seine Jungs. Als er gerade das Bier in der Hand hielt, meinte Else zu ihm:
„Gib mir auch mal eins raus, das schmeckt mir besser.
Hast du schon gehört, Kathi will ihr Kind in einer Pfütze zu Welt bringen".
Heinz griff nochmal zum Bier, um noch eine Flasche für seine Else rauszuholen. Dann meinte er: „Echt? Cool"!

Dann zog er ab.
Ich erklärte Else: „Das wird eine Unterwassergeburt, so wird es besser flutschen, wenn es durch den Kanal kommt".
Else machte ein nachdenkliches Gesicht, öffnete dabei ihr Bier und trank die halbe Flasche mit einem Zug.

Dann meinte sie: AHA", und verließ die Küche, um mit den Männern Fußball zu gucken.
Oma Thiel meinte nachdenklich: „Habt ihr auch eine Veränderung bei Else gemerkt? Wo war sie eigentlich und wieso kamen beide in Lederkluft hier an, weiß einer was"?
Kathi und ich verneinten.
„Hatte sie nicht irgendwann jetzt ihre Führerscheinprüfung"? gab ich nachdenklich in die Runde.
„Oh, mein Gott, die war heute oder gestern"? erschreckte sich Oma Thiel.
„Wir haben sie vergessen, danach zu fragen", kommandierte Elfriede und ging in die Stube, um das Nachzuholen.
Kathi und ich folgten ihr.

In der Stube sahen wir, wie die Männer und Else gerade auf Elses erfolgreiche Prüfung anstießen.
‚Peinlich' dachte ich und schämte mich. Die anderen Frauen ging es nicht anders. Oma Thiel holte eine Flasche Ramazzotti aus der Bar, schenkte für alle ein, außer Kathi, und dann stießen wir alle nochmal so richtig an.
Gegen 22:30 Uhr
verabschiedeten sich Ole und Kathi. Nico, der Kleine war schon im Bett von Oma Thiel eingeschlafen, wurde kurzerhand von Ole auf den Arm genommen und dann waren sie auch schon weg. Ich verabschiedete mich auch und Werner schloss sich mir an, um ja nicht bei seiner Frau zu bleiben. Er liebte seine wunderschöne Wohnung in der ‚Glückseligkeit', die ihm ja zur Hälfte gehörte. Die andere Hälfte gehörte seiner Frau Elfriede. Aber ewig würde seine Elfriede das nicht mitmachen. Sie möchte gerne, dass Werner zu ihr zieht. Else meinte, auch sie geht ins Bett und verabschiedete sich von ihrer Freundin.

Oma Thiel räumte noch die Bierflaschen und den Schnaps weg, stellte die Gläser in die Geschirrspülmaschine und ging dann auch schlafen. Der Tag war anstrengend genug.

*

G. Punkt

Heinz hatte seine Else überrascht und war schon in ihr Bett geschlüpft, um es anzuwärmen. Er wollte nicht wieder allein in seiner Souterrain – Wohnung sein.
Sie kuschelte sich an ihn und freute sich über die nächtliche Überraschung vom Heinz.
Das Vorspiel war etwas komplizierter als gedacht. Else erklärte Heinz, er solle den G. finden. Er aber nur seinen H. fand,

was übersetzt heißt: G-Punkt in der Vagina der Frau.
H-Punkt heißt aber den kleinen Heinz in Schwung zu bringen.
Beides funktionierte nicht wirklich.
Als der kleine Heinz endlich stand, war es nur noch ein Reinrutschen. Dann war es auch schon vorbei.
Heinz musste sich unbedingt Viagra besorgen, jetzt wo er mit Else zusammen ist.
Else dachte nach dem Sex nach: ‚*Also Heinz ähnelt nicht gerade den Niagarafällen, sondern eher dem toten Meer*‘.
Dann schlief sie ein.
Am nächsten Morgen wurde sie durch ein Schrei geweckt.
„AHHHHH………ELSE……. EEELLLSSEEE"!
Else wurde aus dem Schlaf gerissen, taumelte zum Badezimmer, wo der Schrei herkam. „Wat iss"? fragte sie und bemerkte, dass sie ihre Zähne noch im Wasserglas neben dem Bett hatte.
Sofort rannte sie zurück, Zähne rein und: „Was ist"?

Oma Thiel saß auf der Toilette und musste ihr morgendliches Geschäft verrichten. Dann ging der Duschvorhand zur Seite und Heinz rubbelte seinen Körper mit einer Hand ab…..NACKT…
Elfriede: „Was macht Heinz hier in unseren Dusche"?
Else schaute zu ihrer Freundin, dann zum Heinz, dann wieder zu Elfriede gewandt: „Heinz duscht immer nackt und danach trocknet er sich immer ab".
Heinz daraufhin: „Das habe ich ihr schon mal erklärt, Else, aber sie versteht das nicht".
Dann stieg er aus der Dusche.
Sein kleiner Heinz schaukelte dabei sehr gemächlich, was Else schon wieder zum Schmunzeln brachte.
„Was stinkt denn hier so"? fragte Heinz.
Daraufhin Oma Thiel schrie: „raus hier, alle beide, darüber sprechen wir gleich noch in der Küche. RAUS……ich möchte meine Morgentoilette in Ruhe zu Ende bringen".
Heinz warf das Hand über seine Schulter und meinte: „Komm Schatz, wir gehen nochmal ins Bett".

Elfriede war der Toilettengang gehörig vergangen und dachte nach:
‚Wieso duscht Heinz hier und wieso sagte er zu Else Schatz'?
Irgendwann kam Heinz in die Küche, wo Elfriede schon fast mit dem Frühstücken fertig war.
Heinz schenkte sich einen Kaffee ein und meinte: „Entschuldige bitte, wegen heute morgen. War mit den Gedanken bei dem Alphabet", du weißt schon.
Elfriede blickte von ihrer Zeitung hoch, verstand kein Wort und meinte:
„welches Alphabet"?
„Na, der G-Punkt, und….."
„BITTE, KEINE EINZELHEITEN"!
Sie klappte die Zeitung zu und schmiss sie mit Nachdruck auf den Tisch.
In dem Moment kam Else in die Küche, besonders gut gelaunt. Sie öffnete den Kühlschrank, holte sich ein Bier raus, köpfte es elegant mit einem Feuerzeug und trank.
Oma Thiel meinte daraufhin: „Meinst du nicht, dass es morgens um 10:30 Uhr ein wenig früh für Bier ist"?

Als Else abgesetzt hatte, machte sie ein Bäuerchen und erwiderte: „Irgendwo auf der Welt ist immer abends"!
Dann erzählten Heinz und Else, dass sie jetzt zusammen sind und wie alles dazu kam. Es wurde aus dem Kaffee mittlerweile ein Sekt.
Oma Thiel freute sich so über die Beiden. Aber es sollte jetzt eine Reihenfolge geklärt werden, wer wann das Bad benutzt und ob Else nicht zu ihrem Heinz in die Wohnung ziehen will. Aber Else fand das alles zu früh, weil sie Heinz erst einmal testen will. Dann würde sie entscheiden.

✳

Wohnverhältnisse

Direkt am selben Tag rief mich Oma Thiel an, um mir die Neuigkeiten mitzuteilen.

„Hallo Conny, wusstest du schon, dass Else und Heinz ein Paar sind"? Sie platzte förmlich vor Spannung, was ich dazu sagen würde.

„Hallo Oma Thiel, nein, das wusste ich nicht. Ich wusste nur, dass Heinz es schon fast seit einem Jahr versucht, an Else ranzukommen. Das sind ja mal Neuigkeiten".

„Ja, erzählte sie weiter, dann können die in die Wohnung vom Heinz ziehen und Werner kann endlich zu mir ziehen, ist das nicht großartig"?

Ich dachte mir gleich, dass weder Werner gerne zu seiner Elfriede ziehen will. Denn er liebt es, am Abend sein Bier aus den Kühlschrank zu holen, Sportschau zu gucken, Gammel Klamotten anzuziehen und die Füße auf den Tisch zu legen. Und wenn ihn danach ist, kann er einen Pups lassen, ohne ein schlechtes Gewissen zu haben. Auch bei Else war ich mir nicht so sicher, dass sie das länger bei Heinz aushält. Sie liebt es zu gucken, wo sie noch landen könnte. Aber all das sagte ich natürlich nicht, sondern: „Das ist ja super, weiß es Werner schon"?

„Ne, den rufe ich gleich an und sage, dass ich heute Abend zu ihm komme. Ich will sein Gesicht sehen, wenn ich ihm sage, dass er endlich zu mir ziehen kann. Och, ist das alles aufregend".
Ich dachte: ‚*Man gut, dass ich aus der Schusslinie bin'.*
„Und Else, was sagt sie zu dem Umzug"?
„Du weißt ja, wie Else ist, sie möchte nichts überstürzen und will Heinz erst einmal testen, ob er gut genug für sie ist".
„Das dachte ich mir schon, wir kennen sie ja. Halt mich auf den Laufenden über eure Pläne, liebe Oma Thiel"!
„Das mache ich gern, Tschüss"! schon hatte sie aufgelegt, bevor sie mein Tschüss hörte.
„Na, da bin ich mal gespannt", sagte ich laut zu mir selbst.

Elfriede rief sofort ihren Mann an und sagte: „Hast du heute schon was vor"?
„Hallo Liebes, nein habe ich nicht, warum? Wolltest du, was Essen gehen"?
Oma Thiel dachte nach und meinte:
„Nein, ich komme und koche heute in der Suite dein Lieblingsgericht"!

„Echt, ja gerne so um 17:00 Uhr bin ich zu Hause":
„OK, dann bis 17:00 Uhr.
Oma Thiel machte sofort ein Einkaufzettel, was sie alles für Rouladen braucht. Gewürze hatte Werner mehr als sie. Dann packte sie eine kleine Tasche, die zur Übernachtung reichen müsste. Als sie alles soweit erledigt hatte, schrieb sie ein Zettel an Else und Heinz.

Hallo ihr frisch Verliebten,
ihr habt heute sturmfrei,
weil ich zu Werner fahre und bei ihm <u>über Nacht</u> bleibe.
Das über Nacht unterstrich sie.
Liebe Grüße, Elfriede

Sie dachte: ‚*ich muss denen mehr Freiraum geben, damit sie nur noch zusammen sein wollen. Der Rest geht dann von allein'*.

✱

Heinz rannte von einem Arzt zum nächsten, um die kleinen blauen Tabletten zu bekommen, aber jeder sagte, dass sie auf sein Herz gehen. Das wäre in seinem Alter zu gefährlich. Mit 79 nimmt man keine Viagra mehr.
Aus lauter Verzweiflung rief er Werner an und fragte: „Hey Werner, wie geht's denn so"? Werner war verdutzt und sagte: „Genauso gut wie gestern Abend, du erinnerst dich. Da haben wir uns erst gesehen"?
„Ach ja, stimmt ja. Sage mal, wenn du mit Elfriede Sex hast, steht dein kleiner - Werni - dann?"
„Bitte, was soll das ganze Gefrage, was willst du Heinz"?
Heinz erzählte kurz das Drama der letzten Nacht, wo er doch mit Else jetzt zusammen ist und er einen großen starken - Heinzi -braucht.
Sofort war Werner klar, dass Elfriede bestimmt nur deshalb kommt, um ihn zu überreden, dann bei ihm einzuziehen.
„Ich kann dir da nicht helfen Heinz, aber ich denke, dass deine Motorradfreunde sich da besser auskennen, vielleicht den Thiemo"?

„Ok, aber bitte verrate mich nicht, du weißt ja, die Frauen müssen nicht alles wissen"!
„Ne, mache ich nicht, viel Glück".
Dann rief Heinz Thiemo an und sagte: „Kann ich kurz vorbeikommen, habe ein kleines Problem". Thiemo sagte sofort zu und Heinz düste zu ihm.

*

Werner musste zusehen, dass er Elfriede nicht heute trifft. Er braucht Zeit, um sich zu überlegen, wie er ihr das ausreden kann, dass er zu ihr ziehen soll.
Er rief Ole an, seinen zukünftigen Schwiegersohn und guten Freund.
Ole steckte in den Vorbereitungen für sein neues Objekt, was in Frühjahr eröffnet werden sollte.
Eine Alters Residenz mit Kinder und Tieren.
Werner erzählte in 2-3 Sätzen, was los ist und fragte Ole, ob er heute nicht zu ihm kommen kann, weil es ein Notfall gäbe. Männer halten zusammen.

Ole meinte sofort, dass er direkt losfahren könnte. Er schrieb einen Zettel, weil er Elfriede nicht mehr erreichen konnte und machte sich auf dem Weg.

*

Else kam nach Hause, sie hatte die letzten Sonnenstrahlen noch ausgenutzt und war Scotti gefahren. Zu Hause las sie den Zettel von Elfriede.
‚*Oh, super,* dachte sie sich. *Da kann sie doch mit Heinz eine kleine Orgie feiern'.*
Sie bereitete alles mit Kerzen in der Wohnstube vor. Stellte Bier und Ramazzotti kalt, sucht sich Reizwäsche aus und so weiter, Else eben.

*

Als Heinz Thiemo alles berichtet hatte, sagte der nur: „Da kann ich dir nicht helfen, sorry".
Es klingelte an seiner Haustür und der schwule Freund von ihm kam rein,

um ihn die Lacke für ein anderes Motorrad zu bringen.

„Ach hallo, schöner Mann, so allein hier"?

Heinz sagte geradeaus ohne Vorwarnung: „Hast du Viagra dabei"?

Thiemo ließ eine Dose mit der Farbe fallen.

„Du gehst aber ran, na klar habe ich Viagra bei mir, mein Hübscher".

„Echt jetzt, brauchst du die auch immer bei den Frauen"?

„Mein Süßer, das letzte Mal, als ich mit einer Frau zusammen war, bin ich gestillt worden".

„Ach so, dann kannst mir auch nicht sagen, wo der G.-Punkt bei der Frau ist"?

„Igitt, geh mir weg mit sowas, das ist ja ekelig! Hier hast du 10 von den kleinen Blauen und gehe schön suchen. Wenn du keine Punkte findest, bei mir findest du bestimmt die Punkteeee", trällerte er noch. Heinz riss ihm die Packung aus der Hand, rief: „DANKE"! und weg war er.

Er fuhr wie besessen nach Hause. An einer Ampel hielt er an, weil die Ampel auf Rot zeigte.

Er holte seine Packung aus der Seitentasche, drückte eine Tablette raus und schmiss sie sich rein. Er schuckte sie trocken runter. Den Rest versteckte er in seiner Brieftasche. Hinter hupte es, weil die Ampel auf Grün umgesprungen ist. Er brauste mit einem Grinsen im Gesicht weiter. Er war so glücklich. Er sagte sich laut: „Else, meine Traumfrau, ich komme. Du wirst heute einen großen Heinz erleben, den du noch nie erlebt hast, jipiiiieeeee"!

*

Oma Thiel schleppte die ganzen Einkäufe mit einem Stöhnen zum Fahrstuhl und fuhr den Fahrstuhl zu ihrem Liebsten hoch. Sie hatte sich viel vorgenommen, erst schön kochen, dann gemeinsam Essen bei Kerzenschein. Dabei alles beschließen, wie ihre Zukunft aussieht, dann mit gemeinsam wunderschönen Sex alles besiegeln.
Sie klingelte, keiner öffnet. Nochmal, wieder nichts.

Gottseidank hatte sie nur einen kurzen Weg, um bei der Anmeldung bei Schwester Magarete den Zweitschlüssel zu holen. Sie öffnete und dachte:
'Werner hat mit Sicherheit eine Sonnenuhr hier irgendwo versteckt, immer verspätet er sich'.
Es war 17:06 Uhr mittlerweile. Sie stellte die Einkäufe mit Schwung auf den Tisch. Dabei bemerkte sie nicht, dass der Zettel, den Werner ihr geschrieben hatte, durch den Luftzug auf den Boden fiel, direkt neben den Mülleimer.
Oma Thiel machte sich direkt an die Arbeit, schon mal das Essen so weit vorzubereiten, sie freute sich auf den schönen Abend.

*

Heinz hatte Else angerufen und erfahren, dass sie Sturmfrei hatten. Er spürte nicht nur den Fahrtwind auf seiner Maschine, nein, er spürte auch schon Bewegung in seiner Hose.

Else räumte noch schnell alles weg, was nicht zum gemütlichen Abend beizutragen hatte. Nico hatte seine Reitsachen hier vergessen, also schob sie den Helm auf die Garderobenablage und die Gerte……Das Telefon klingelte: „Hallo mein Schatz, ich bin in ca. 20 Minuten da", hauchte Heinz seiner Else in den Hörer. „Das ist hervorragend, wir haben nämlich sturmfrei. Elfriede übernachtet bei Werner. Wir haben also die ganze Nacht".

Nach dem Telefonat ging sie Gedanken verloren, immer noch mit der Gerte in der Hand in die Wohnstube zurück. Sie setzte sich auf das Sofa, und trank einen Ramazotti. Sie träumte ein wenig vor sich hin, was sie noch alles in ihrem Leben erleben will. Es soll nicht bei Heinz alles Enden, soviel war klar. Else hörte einen Schlüssel im Schloss.

Heinz rief schon vom Flur aus: „Ich komme"!

„Bloß nicht", sagte Else leise und bemerkte erst jetzt, dass sie immer noch gedankenverloren die Reitgerte von Nils in den Händen hielt.

Sie schob sie kurzerhand hinten den Kissen des Sofas.
„Hallo Liebes, hey, du siehst granatenmäßig aus, wau. Was für eine großartige Frau. Du bist die schönste Frau, die ich je gesehen habe".
Heinz atmete erst einmal tief ein. Else war ganz verzückt über so viel Komplimente und bedankte sich. Dann setzte Romantische Musik ein und sie tranken einen Ramazzotti und Bier. Der Abend konnte beginnen!

*

Werner hatte so gegen 21:00 Uhr doch ein schlechtes Gewissen bekommen und rief Elfriede zu Hause an. Keiner nahm ab. Komisch dachte er noch. Dann rief er vorsichtshalber bei sich in der Wohnung an.
„Thiel", kam aus dem Hörer.
„Was machst du dort"? Wieso bist du denn noch da"? Ich hatte dir doch eine Nachricht geschrieben, dass ein Notfall war und ich zu Ole musste"!

Oma Thiel war geladen: „Du hältst es nicht mal für Nötig, deiner Frau abzusagen und lässt mich hier im Regen stehen. Ich habe Rouladen für dich gemacht. Reißwäsche eingepackt und wollte eine romantische Nacht mit dir! Stattdessen kommt der edle Herr gar nicht erst"! Sie schrie förmlich in den Hörer.
„Ich habe dir doch einen Zettel auf den Tisch gelegt".
Elfriede bekam sich gar nicht wieder ein.
„Ich bin doch keine Geliebte, der man einen Zettel hinlegt, ich bin deine Frau. Ich hatte so schöne Neuigkeiten für dich, und jetzt sowas. Ich fahre wieder nach Hause". Dann legte sie auf.
Oma Thiel stellte das Essen in den Kühlschrank und räumte noch alles weg. Als sie ihr Essen in den Müll werfen wollte, bemerkte sie einen Zettel am Boden.
‚Mist, dachte sie. Er hatte tatsächlichen einen Zettel geschrieben'.
Der Abend war gelaufen. Sie dachte:
‚Else und Heinz werden jetzt ja wohl fertig sein und schon schlafen,

da fahre ich wieder nach Hause. Im eigenen Bett schläft es sich besser.

*

Werner machte sich nach dem Telefonat mit Elfriede sofort auf den Weg. Das hatte er nicht gewollt. Jetzt hatte er ein schlechtes Gewissen.

Bei Else und Heinz ging die Post ab. Heinz war stolz, dass er immer noch konnte. Sein
-Heinzi- stand wie eine eins. Else war völlig überrascht und genoss es in vollen Zügen.
‚*Vielleicht reicht mir Heinz doch,* dachte sie für sich.
Else entschuldigte sich kurz und ging auf die Toilette. Heinz saß da mit seinen Prengel und dachte: ‚*Beim nächsten Akt muss ich auch kommen, ich weiß ja nicht, wie lange er so steht'.*
Er rekelte sich auf dem Sofa. Dabei fuhr seine Hand unter das Kissen. Er holte eine Peitsche (die Reitgerte) zum Vorschein.

‚Was? Else steht auf Sado Maso und auf Schläge? Damit hätte ich nie gerechnet'.
Er hörte ein Geräusch. Schnell versteckte er die Peitsche wieder hinter die Kissen. Er stellte sich aufrecht hin, damit sein -Heinzi- besser zu sehen war. Er hielt sich mit einer Hand die Augen zu. Mit der anderen Hand wippte er seinen
-Heinzi- auf und ab.
„Ich will dich spüren, ich will dich spüren", rief er ganz aufgeregt.
Oma Thiel stand wie angewurzelt in ihrer Wohnstube und starrte ihn an. Else kam von der Toilette und sah ihre Freundin völlig entsetzt in der Tür stehen.
Heinz wippte immer noch mit seinem Schwengel auf und ab.
„Heinz"! rief Else. Aber Heinz ging mit seiner Hand vor den Augen in die Richtung, wo der Laut herkam.
„HEINZ"! Jetzt wurde sie lauter. Er nahm die Hand weg, sah seine Else und griff nach ihrem Hintern. Sie schob ihn weg.
„Heinz, wir haben Besuch. Elfriede ist auf ein Sprung vorbeigekommen".

Erschrocken drehte sich Heinz um, sein Schwengel schoss mit rum.
Elfriede wurde ohnmächtig.
Als Elfriede wieder zu sich kam, lag sie auf dem Sofa und hatte ein kaltes Tuch auf ihrer Stirn. Else, jetzt hatte sie ein Jogginganzug an, hielt ihre Hand. Heinz hatte sie in seine Wohnung geschickt.
Für heute wäre es genug, hätte sie ihm gesagt.
Heinz lag jetzt allein mit seinen Ständer im Bett und bekam ihn nicht mehr runter.
Else entschuldigte sich bei Elfriede. Sie wusste nicht, dass sie heute noch zurück kommen könnte.
Elfriede sagte müde: „Ist schon gut, aber wie hältst du so ein Mann aus und wieso hat er so einen Großen…..du weißt schon…… Bei Werner ist das eher normal….oder kleiner……"
Sie schickte Else ins Bett und setzte sich gerade auf das Sofa. Mit einer Hand richtete sie die Kissen zurecht und hatte mit einem Mal eine Reitgerte in der Hand.

Sie schaute sie an, sah im geistigem Auge das Bild von Heinz, wieder zur Gerte. Dann rannte sie ins Bad und übergab sich.
‚Was für ein Scheißtag', dachte sie. Dann ging sie schlafen.

*

Als Werner wieder daheim war, war keiner mehr da. Die Kerzen waren ausgeblasen, nachdem sie halb runter gebrannt waren. Das Essen war im Kühlschrank. Er machte sich es warm und aß noch davon. Er musste sich etwas einfallen lassen mit der Wohnung. So ging das nicht weiter.

✼

*E*lse ist schwanger

Als Heinz morgens um 09:00 Uhr in die Küche kam zum Frühstücken, hatte er Jeans und Hemd an und trug Schuhe, wo die Schnürsenkel offen waren.

„Guten Morgen", sagte er zu Elfriede. Wo ist Else"?

„Guten Morgen Heinz. Das weiß ich doch nicht. Du bist doch mit deinen komischen Ding hinter ihr her gelaufen, wie ein Hündchen….. Außerdem, deine Schnürsenkel sind offen, nicht das du noch fällst und dein bestes *STÜCK* verletzt, das wäre doch zu schade".

Sie ließ eine Art Sarkasmus in ihrer Stimme mitschwingen.

„Ich komme so schwer runter, um die Schnürsenkel zu binden, mein Bauch ist im Weg"!

„Na, solange du morgen nicht deine Hosen offenlässt, geht's ja", sagte Oma Thiel ein bisschen unterschwellig.

Sie wusste, dass Heinz ein Bierbauch hatte. Auch sonst war es ein fülliger Mann.

Sie schaute auf seine Finger.

Dabei bemerkte sie, dass die Finger so dick waren. Wenn er eine Null auf dem Telefon drücken will, hat er gleich Australien dran.

„Ich wollte mich für gestern Abend entschuldigen. Kommt nicht wieder vor. Vielleicht ist es besser, wenn Else zu mir in die Wohnung zieht".
Schon leuchteten die Augen von Oma Thiel auf.
„Ja, da bin ich ganz deiner Meinung. Dann kann Werner auch hier einziehen und alle wären glücklich", erzählte sie weiter.
Währenddessen hörten sie Else von der Wohnungstür. Sie rief nur: „Hallo, komme gleich"! Dann verschwand sie im Badezimmer.
Heinz überlegte und meinte: „Wenn Werner hier einzieht, kann ich doch seine Wohnung haben und die mit Else beziehen. Dann hättet ihr noch eine kleine Wohnung unten, die ihr einrichten könnt und wenn ihr Besuch von euren Kindern, deinen oder die Kinder von Werner, können die da schlafen"! Dann steckte er sein Ei auf einmal genüsslich in den Mund.
Oma Thiel war begeistert von der Idee und gar nicht mehr wütend oder sauer auf die Beiden. Das ist die Lösung!

Else kam in die Küche und platzte förmlich mit der neuen Nachricht raus: „Ich bin Schwanger, Heinz. Wir bekommen ein Kind"!
Heinz hatte das ganze Ei noch nicht klein gebissen und schaute jetzt mit großen Augen und den vollen Mund Else völlig entgeistert an.
Oma Thiel dachte: *‚Jetzt dreht sie völlig durch, aber egal die Idee, dass die zwei in Werner Wohnung ziehen, darf nicht zerstört werden'. Deshalb sagte sie ganz ruhig: „Else, du bist 80 Jahre, da kann man nicht mehr schwanger werden. Wie kommst du nur auf so eine skurrilen Idee".*
Else hielt ihr Testergebnis von den Schwangerschaftstest Elfriede unter die Nase.
Heinz überlegte. *‚Er hatte zwar mit Else Sex, aber ist noch nie gekommen, wie kann das sein?'*
Hastig zerkaute er sein Ei im Mund, um auch mal was zu sagen. Er sah auf den Test in Elfriedes Hand.
„Und was heißt das?", fragte Elfriede nach.

„Na, ist doch klar, ein Strich, ein Kind
und zwei Striche, zwei Kinder",
erwiderte Else in die Runde. Wenn ein
Kreuz zu sehen ist, weiß man noch nicht,
was es wird. Unser Kind wird ein Junge".
„Gib mir mal die Bedienungsanleitung",
meine Elfriede zu ihrer Freundin. Sie gab
sie ihr und goss sich einen Kaffee ein. Sie
hielt inne. „Darf ich denn jetzt noch
Kaffee trinken? Und was ist mit Bier,
mein Grundnahrungsmittel gegen
schlechte Laune"?
Heinz hatte sein Mund leer.
Genüsslich biss Oma Thiel in ihr
Marmeladenbrötchen. Sie liebte es am
Morgen. Mit einem starken Kaffee und
ihr Brötchen kam keiner gegen an.
Dabei las sie den Beipackzettel.
Heinz meinte zu Else: „Wie kann das
sein, ich hatte doch noch gar keinen
Erguss in dir"?
Oma Thiel verschluckte sich am
Brötchen und bekam einen
Hustenanfall. Zügig verschwand sie im
Badezimmer.
Else: „Du warst aber nass da unten, das
ist das Gleiche. Willst du dich jetzt
drücken, oder was"?

„Nein, natürlich nicht. Ich hatte nur noch nicht so schnell mit einem Kind gerechtet".

Oma Thiel kam zurück.

Du bist NICHT Schwanger, Else. Guck hier steht es deutlich, einen Strich, nicht schwanger. Wie kommst du überhaupt darauf, du könntest schwanger sein"?, fragte Elfriede noch nach.

„Ich hatte letzte Nacht so viel Luft im Bauch und als ich meinen Bauch gehalten hatte, merkte ich, dass das Kind schon kräftig gegen den Bauch tritt".

„Das war nur Luft, hatte ich gestern Abend auch…….*und noch so anderen Probleme,* schob er leise hinterher".

Es klingelte an der Tür. Else und Heinz blieben sitzen, als musste Oma Thiel wohl zur Tür. Kathi stand mit Nico vor der Tür. Er hatte seine Reitsachen vergessen und er wollte heute doch ausreiten.

Elfriede griff nach oben auf die Hutablage und griff nach dem Helm. Dann sagte sie Moment, ging in die Stube, griff unter die Kissen, holte die Gerte raus und gab Nico.

„Toll, danke Oma, sagte er und lief zurück zum Auto. Auch Kathi verabschiedete sich und fuhr wieder weiter.
Oma Thiel ging gar nicht zurück in die Küche. Sie zog ihre Gummistiefel an und eine dickere Jacke und begab sich in den Garten. Die restlichen Blumen Winterfest zu machen. Bei Gartenarbeit konnte sie am besten Planen.

✼

Yoga oder SM

Else und Heinz blieben noch in der Küche und unterhielten sich. Sie bekamen gar nicht mit, wer an der Tür war.
Else meinte: „Ich melde mich beim Yoga an und werde meine Körperform besser dehnen kann. Ist auch besser für den Sex".

Heinz meinte nur: „Aha".
Gedacht hatte er: ‚*Also doch so ein Sado Maso Zeug. Deshalb die Peitsche. Wenn Elfriede nicht gekommen wäre, wäre sie sicherlich noch zum Einsatz gekommen. Da stehe ich überhaupt nicht drauf'*.
Else meinte: „Wenn das alles ist, was du zu unseren Sexleben sagst, kann ich es mir es auch allein machen", stand auf und verließ die Küche, um nochmal nachzulesen im Beipackzettel, dass sie wirklich nicht schwanger ist.
Heinz rief noch hinterher: „Ne, schon gut, ich mache ja alles mit"! Else drehte sich noch kurz und meinte: Wirklich"?
Heinz nickte nur noch.
Als er in die Stube ging, setzt er sich aufs Sofa, um beiläufig unter dem Kissen zu fühlen.
‚*Die Peitsche ist weg'*.
Also doch, sie hat sie versteckt, damit Elfriede sie nicht findet. Dann muss ich mich eben anders vorbereiten, wenn wir zur Schulung der SM-Yoga gehen.

*

Oma Thiel war völlig vertieft in ihrer Gartenarbeit, als sie plötzlich jemand hinten auf die Schulter klopfte. Sie erschrak und schaute in einem wunderschönen Blumenstrauß.
Dahinter kam zum Vorschein, Werner.
„Mein schlechtes Gewissen bittet um Landeerlaubnis".
Oma Thiel musste schmunzeln. So lange konnte sie ihm nicht böse sein.
„Ist schon in Ordnung", sagte sie Versöhnlich.
Gehe schon mal rein und stelle die Blumen ins Wasser, ich räume das nur schnell weg und komme nach".
Werner ging mit Freude, weil seine Frau ihn nicht mehr böse war, beschwingt ins Haus.
Als die Blumen versorgt waren, und er sie an den Köpfen noch ein bisschen ausbreitete, kam Elfriede in die Küche.
Sie räumte noch die Marmelade und ein Ei, was nicht gegessen wurde weg und fragte: „Möchtest du einen Kaffee? Oder Kaffee – Spezial"? Der Kaffee-Spezial war ein Esspresse mit einem Fingerhut Sambuca.

„Wenn du einen mittrinkst, lieber Spezial. Ich habe was mit dir zu besprechen", antwortete er liebevoll.
„Ich trinke einen mit, ich muss nämlich auch was mit dir besprechen".
Als sie die vollen Tassen abstellte, fragte sie nach: „Was ist denn los"?
Ohne Umschweife, bevor sie erzählte, meinte Werner:
„Ich war doch gestern bei Ole, der hatte ein Problem. Er meinte, wenn die Eröffnung im Frühjahr ist, möchten Kathi und er, dass wir alle zusammen auf den ehemaligen Hof leben. Sie brauchen jemanden für kleinere Handwerks Sachen, die Tiere mit versorgen. Einer der immer da ist und überhaupt. Dann könnten wir ein schönes Haus beziehen. Hätten viel Platz. Ich könnte mir das Dachgeschoss ausbauen, wo ich mich mal zurück ziehen kann, wenn Fußball ist, oder Männergespräche sind. Du hättest zusätzlich auch einen Raum, wo nur du das machen kannst, was du willst. Ein Schlafzimmer zusammen…..natürlich….

Eine große Wohnküche, wo ca. acht Leute Platz hätten, einen wunderschönen Garten, wo Obstbäume, Gemüse, und Kräuter selbst angepflanzt werden"!
„Moment mal, unterbrach Elfriede ihren Werner. Du willst mit mir zusammenziehen"?
„Ja natürlich, wir ziehen alle zusammen, auch Heinz und Else. Deine Nachbarin hat auch schon angefragt. Sogar Reinhild würde noch mal umziehen, was sagst du"?
„Ich bin überwältigt, ich muss es erst einmal sacken lassen. So viele Information auf einmal".
Die zwei tranken noch zwei Spezial und Elfriede erzählte von Heinz und Else. Werner tat überrascht und fand das richtig gut. Dann könnten die doch auch zusammen eine Wohnung nehmen. Es wurden noch debattiert und angeregt geplaudert.

*

Else steckte nur ihren Kopf kurz in die Küche und rief: „Mal Zeit Werner"! Dann war sie wieder weg. Sie wühlte das Telefonbuch aus der Schublade der Diele und schaute in den gelben Seiten nach Yogaschule nach. Da, sie wurde fündig. Sofort rief sie an. „Sabine Müller, meldete sich eine sehr angenehme, etwas verruchte Stimme.

„Guten, Tag, hier ist Else Schmidt mit dt. Ich wollte fragen, was sie die nächsten Yogakurse geben. Sie müssen wissen, ich bin schon 53 Jahre und nicht mehr so gelenkig".

Die nette Dame am Telefon versicherte ihr, das es gar kein Problem wäre, wie alt man ist, Spaß soll es machen und ja, Männer sind auch gerne dabei, versicherte ihr Frau Müller.

Else meldete kurzerhand sich und Heinz bei ihrem Kurs an. Dann verabschiedete sie sich und schrieb sich die Kontaktdaten auf einem Zettel.

S.M. Yoga, Tel. und Beginn des Kurses. Da es an der Tür klingelte, ließ sie den Zettel auf dem Sideboard liegen und öffnete zunächst die Tür.

Ein Mann stand vor der Tür und hatte einen Strauß roter Rosen in der Hand.
„Sind die für mich", fragte Else.
„Wenn sie Else Schmidt sind, ja"!
„Oh, das ist aber nett von Ihnen, wir kennen uns doch noch gar nicht". Der Mann war nicht älter als dreißig, höchstens.
„Der ist auch nicht von mir, gnädige Frau, eine Karte steckt". Er streckte die Hand nach einem Trinkgeld aus. Else gab ihm die Hand.
„Vielen Dank, junger Mann und auf Wiedersehen".
Als Tür ins Schloss fiel, nahm sie die Karte und grinste.

ICH LIEBE DICH !!! HEINZ

Ach, er war schon irgendwie süß, dachte sie.

Leopold

Das Projekt ‚Sonnenschein' kam sehr gut voran. Ole ist als Architekt hervorragend und so froh, jetzt sein eigener Herr zu sein, nachdem er das Altenheim „Glückseligkeit" hervorragend abgeschlossen hatte.
Man gut, dass ihn sein Onkel (Spitzname: Kuckuck) so viel Geld hinterlassen hatte. So konnte er für seine Familie, seine Freunde und den älteren Menschen etwas tun. Er freute sich auf seinen Nachwuchs, was im Bauch seiner zukünftiger Frau ständig wächst.
Mit Kathi, die Tochter vom Werner funktionierte es hervorragend. Sie arbeite noch immer als Ärztin im Krankenhaus. In wenigen Wochen soll ihr gemeinsamen Kind zur Welt kommen. Es wird ein Weihnachtskind, soviel war klar.

Was ihn nur nachdenklich macht, ist, dass seine Freundin das Kind in einem Wasserbecken zur Welt bringen wollte. Sie hätte so viel Gutes darüber gelesen. Sie muss es am besten wissen, weil sie eine starke Frau ist.
Im Moment ist sie gerade mit ihrem Sohn Nico beim Reiten. Bald werden die Pferde auf dem Hof ‚Sonnenschein' stehen, dann brauchen sie nicht immer so weit rauszufahren, um an einer Reitstunde teilzunehmen. Ole will Nico im Frühjahr mit einem eigenen Pferd überraschen. Das wird alles richtig wunderbar.
Er hatte zwar seinen einzigen Verwandten, Onkel Thomas verloren, aber eine neue Familie dazu gewonnen. Weihnachten sind alle zusammen bei Oma Thiel eingeladen. Sie sagt, dass die ganze Familie am Heiligen Abend zusammen sein sollen.
Schön, dass auch er dazu gehört.
Das Telefon unterbrach seine Gedanken. Werner war am Telefon:
„Ole, du musst sofort zum Reiterhof fahren. Es gab einen Unfall.

Nico ist gestürzt, und als Kathi das Pferd einfangen wollte, trat das Pferd nach ihr.
Sie ist verletzt. Ich hole Elfriede ab und fahre auch sofort hin. Wir treffen uns dann da."
Ole füllte sich, wie von einem Bus überrollt. Er konnte seine Gedanken gar nicht ordnen.
Also fragte er: „Wie ist denn das passiert?"
„Weiß ich auch nicht genau. Gustav vom Reiterhof hatte mich angerufen. Beeile dich bitte."
„Okay, bis gleich."
Er schmiss seinen Lieferwagen an und brauste sofort los. Seine Gedanken kreisten im Kopf. Es liefen Tränen über sein Gesicht. Er hatte das erste Mal Angst, richtige Angst.
Werner hatte Elfriede informiert, damit sie schon rauskommen sollte,
um keine Zeit zu verlieren. Er fuhr in Elfriedes Straße rein. Da stand sie schon und Else und Heinz auch noch. Dafür hatte er gar keinen Nerv.
Aber die beiden wollten auf alle Fälle mit.

Also saßen sie kurze Zeit später alle vier im Auto. Werner fuhr wie ein Bekloppter die Straßen entlang. Keiner wollte sich beklagen. Oma Thiel hielt sich verkrampft am Haltegriff fest. Als sie ankamen, war Elfriede Schweißnass. Da Else es gewohnt war, durch Heinz seinen Fahrstiel, waren sie und Heinz entspannt.
Werner riss die Autotür auf und lief auf Gustav zu.
Gustav hatte ein Familienunternehmen mit Reitpferden. Eine kleine Pension, wo 2-3 Familien unterkommen konnten, um Reitferien zu machen. Viele setzten auch ihre Kinder hier ab und holten sie nach einer Woche wieder ab. Es gab einen großen Schlafsaal, wo die Jugendlichen alle zusammen schliefen, wie bei einer Jugendherberge.
Aufgeregt rief Gustav schon vom weiten:
„Hallo Werner, hier entlang. Kathi liegt noch immer da.
Krankenwagen ist informiert, müsste gleich da sein!"
Staub wirbelte auf.

Ole kam gerade auf dem Hof gefahren und hinterließ eine Staubwolke. Else und Oma Thiel husteten.

Jetzt rannten alle zusammen hinter die Scheune. Nico saß an einem Pfeiler und heulte. Er hielt sich den Arm. Kathi lag im dreckigen Boden. Unter dem Kopf hatte sie eine zusammengerollte Jacke. Die Beine hatten sie auf einen Strohballen gelagert. Sie hielt ihre Augen geschlossen.

Eine Frau kniete neben ihr und legte ein nasses Tuch auf ihre Stirn.

Else stand ein bisschen an der Seite des Geschehens und bemerkte erst jetzt, dass sie in einer großen Wasserpfütze stand. Das war nämlich der Waschplatz für Pferde. Erschrocken bemerkte sie: „Hier bringt Kathi jetzt ihr Kind zur Welt, in der dreckigen Pfütze?"

Die anderen drehten sich um und sahen sie völlig entgeistert an.

Ole kniete neben Kathi, gab ihr einen Kuss auf die Stirn und fragte ganz leise: „Na mein Engel, konntest du es nicht abwarten und wolltest du das Kind schon eher zur Welt bringen?"

Kathi öffnete die Augen und lächelte schwach. Dann fielen ihr die Augen wieder zu. Wir hörten die Sirene. Heinz lief nach vorn, um den Rettungssanitäter zu erklären, wo sie hinmussten.
Oma Thiel nahm Nico in die Arme. Der erzählte ihr unter Tränen, dass das Pferd hochschreckte, weil etwas sich im Gebüsch bewegte, das aussah wie ein Hase. Dann habe ihn das Pferd abgeworfen. Seine Mutter hatte es gesehen und sei ihm zu Hilfe gekommen. Dabei sei das Pferd ausgetreten und hätte seiner Mutter einen gewaltigen Stoß versetzt, dass sie zu Boden ging.
Die Sanitäter kamen um die Ecke und waren erstaunt, wie viele Menschen darumstanden.
Eine Frau ging dann zu Nico und meinte ganz ruhig, nachdem sie ihn untersucht, hatte: „Armbruch und Hämatome, alles weitere beim Röntgen. Der Junge muss mit.
Der andere Sanitäter meinte: „Hier sieht es nicht ganz so gut aus.

Tritt seitlich am Bauch. Ungeborenes Kind kann verletzt sein. Frau verliert öfter das Bewusstsein.
Rufe an und sage, OP vorbereiten, um evtl. Kind zu holen. Not - OP."
Werner hörte nur Not - OP und wurde ohnmächtig.
Die Sanitäterin hielt ihn Riechsalz unter die Nase und meinte: „Können sie hier bitte Platz machen. Wer ist hier wer?"
Der Erwachte, also Werner meinte, dass er der Vater sei. Ole meinte, er ist der Vater von dem Ungeborene. Also sind Ole und Werner mitgefahren. Heinz ist mit Oles Auto hinterhergefahren und Else ist das Auto vom Werner mit Oma Thiel gefahren.
Beim zurücksetzten des Mercedes vom Werner stieß sie gegen den Jeep von Ole, wo Heinz drinsaß und das Auto noch nicht mal gestartet hatte, geschweige denn bewegt. Heinz ließ das Seitenfenster runter und wollte gerade etwas rufen.
Da keifte ihn Else von vorne an: „Hey Heinz, pass doch mal auf, wo du hinfährst. Wenn du nicht mehr fahren kannst,

gebe deinen Führerschein doch ab, besser ist besser." Ließ das Fenster wieder hoch und fuhr mit einem Kavalierstart vom Hof.
Oma Thiel hielt sich wieder verkrampft am Haltegriff fest und schwitzte schon wieder.
Heinz, der den Mund geöffnet hatte, um etwas zu sagen, hustete nur, durch den Staub, den er von Elses Fahrstiehl gerade runterschluckte.

*

Oma Thiel meinte, als Else den Wagen zur Notaufnahme parkte: „Du hast vielleicht ein Fahrstiel, lieber Gott, danke, dass ich heil angekommen bin. Bist du sicher, dass du hier parken kannst?"
Else schaute sich das an und meinte: „Ja klar, ich habe vorne und hinten Platz. Dabei schaute sie nach hinten und dann mit gestecktem Hals nach vorne aus dem Fenster. „Das wir hier sind, weil das ein Notfall ist, ist auch klar, also komm.

Oder willst du als Oma nicht dabei sein, wenn Kathi ihr Kind bekommt?"

Oma Thiel verdrehte die Augen und beide rannten ins Krankenhaus. Werner kam denen schon entgegen und meinte: „Wo bleibt ihr denn. Kathi ist im OP……in der NOT-OP. Oh Gott, ob das alles gut geht. Nico ist beim Röntgen. Er hat schon nach seiner Mutter gefragt. Er meint, dass wäre alles seine Schuld.

Ole ist bei ihm und beruhigt ihn." Völlig aus der Puste kam Heinz in Krankenhaus gehetzt.

„Wo bleibst du denn?", wollte Werner wissen.

„Ich musste erst mal einen Parkplatz suchen. War ja alles voll hier. Else, hast du gar nicht gemerkt, dass du mir ins Auto gefahren bist?"

Sie gingen dabei zum Aufzug.

„Wieso, kam von Else zurück. Du warst doch hinter mir. Es ist immer der Schuld, der hinter einem ist." Else betrat den Fahrstuhl, wo schon ein Betttransport drinnen war, schlängelte sich noch rein und meinte: „Alles klar, ich muss nach oben.

Werner guckte Heinz an. Wieso fährt Else mit meinem Auto?" Und wieso reinfahren? Wo ist mein Auto denn jetzt?"
Werner wurde sichtlich nervös. Elfriede hakte sich bei Werner ein und meinte: „Rege dich doch nicht so auf mein Liebling. Jetzt geht es doch erst einmal um deine Tochter. Hast du deinen Sohn Mike in den USA angerufen. Er sollte wissen, dass seine Schwester operiert wird?"
„Du hast Recht, das habe ich völlig vergessen,
mach ich sofort. Wir sehen uns dann oben."
Er gab seiner Frau einen Kuss auf die Wange und fragte dann in der Anmeldung, wo er ins Ausland telefonieren könnte. Heinz und Elfriede fuhren nach oben. Da saß Ole ganz niedergeschlagen.
„Ole," rief Oma Thiel. Schon sprang er auf und lief ihr entgegen. Bei der Umarmung bemerkte Oma Thiel, dass seine Augen ganz feucht waren. Ohne darauf einzugehen, fragte sie:
„Was ist mit Nico?"

„Der bekommt gerade einen Gips angelegt. Er hatte seinen Arm beim Sturz gebrochen."
„Ach, der Arme, sagte Oma Thiel. Und was ist mit Kathi?"
Ole zuckte nur mit den Schultern. Er wusste auch nicht mehr.
Heinz meinte: „Ist Else noch nicht hier?" Dabei schaute er zu Ole.
„Ne, die war doch bei euch?"
„Sie ist doch mit dem Fahrstuhl vorgefahren?"
Verwundert, das Else noch nicht da ist, setzten sich die drei und warteten, auf das sie gute Nachrichten aus dem OP bekommen.
Werner hatte mit seinen Sohn Mike in den USA telefoniert und ihn über das Geschehende informiert.
Er wollte für seine Schwester beten. Werner war flau im Magen. Ihm war übel. Das war alles ein bisschen viel für ihn. Sollte er die Mutter seiner Kinder informieren, seiner Exfrau? Er stellte sich die Frage und ging noch mal vor die Tür, um frische Luft zu schnappen. Ein Abschleppwagen fuhr an ihm vorbei. Er dachte sich:

‚warum können Leute ihre Autos nicht anständig parken, so schwer ist das doch nicht.'
Er ging zurück und fuhr nach oben zu den anderen.

∗

Else ist nicht nach oben mit dem Fahrstuhl gefahren, so wie sie das vorhatte.
Der Fahrstuhl fuhr nach ganz unten in den Keller und statt wieder nach oben zu fahren, stieg sie aus und schaute sich ein bisschen um. Eine schwere Tür weckte ihre Neugier. Als sie die schwere Tür öffnete, lugte sie hinein. Da standen noch zwei Betten. Irgendetwas lag doch noch in den Betten. Was das wohl ist.
„Was machen sie denn da!", rief ihr ein Mann zu. Der anderen machte die Tür wieder zu.
„Hier ist es für Unbefugte nicht gestattet. Sie sind in der Pathologie. Wie kommen sie überhaupt hier her?", wollte der erste wieder wissen. Else antwortete naturgemäß:

„Ich bin mit einem Bett mit weißem Laken im Fahrstuhl nach unten gefahren."
Die Männer schauten sich an, als wenn sie Gespenster gesehen haben. Dann nahmen sie Else an den Armen und brachten sie zum Fahrstuhl. Als sich der Fahrstuhl schloss und der Aufzug nach oben fuhr, meinte der eine: „Wir müssen denen das mal sagen, dass sie sich auch ganz sicher sind, dass die Leute tot sind, bevor die hier runtergebracht werden.
Das geht nicht, dass sie wieder aufstehen und hier rumlaufen." Der andere nickte nur.

*

Als Else endlich in der richtigen Etage war, kam ihr schon Heinz entgegen.
„Wo bleibst du denn?", fragte er beunruhigt.
„Ich habe mir das Krankenhaus angeschaut, wieso", kam von Else zurück.

Die Tür ging auf und Nico rannte auf die Familie zu.
Er trug einen Filzstift und meinte.
Ihr könnt alle auf meinem Gips unterschreiben, ist das nicht großartig?"
Ole meinte, das sollen doch besser seine Schulfreunde machen und nicht Oma und Opa. Er nickte und fragte dann nach seiner Mutter.
Ole meinte: „Alles gut mein Kleiner, ich denke sie holen
Leopold gerade auf die Welt."
Leopold?", polterten alle zusammen raus. Oma Thiel: „Was ist denn das für ein schrecklicher Name."
„Ja, meinte Ole, ich fand den auch nicht so gut, aber Kathi wollte den Kleinen so nennen nach ihrem Großvater."
Werner nickte zustimmend.
Oma Thiel fragte: „Hast du etwas damit zu tun?" Sie drehte sich zu Werner um.
Dann liefen im Laufschritt zwei Pfleger oder Ärzte an ihnen vorbei Richtung OP-Raum.
Ole und die anderen sprangen gleich auf: „Was ist passiert?" Er bekam keine Antwort.

Alle ließen sich wieder auf den harten Plastik Stühlen sinken und harten schweigend aus.

Gefühlte drei Stunden später kam der Arzt raus. Alle sprangen wieder hoch. Er fragte, wer zur Familie gehörte. Alle hoben den Arm.

„Also gut, sagte er. Wir mussten das Kind schon holen. Im Moment ist es im Brutkasten zur Sicherheit. Sieht aber unversehrt aus. Die Mutter wird auf die Intensivstation gebracht.

Morgen wissen wir mehr. Sie hatte innere Blutungen. Die nächste Nacht wird entscheidend sein.

„Darf ich zu ihr?", fragte Ole.

„Ja, aber nur eine Person und nur kurz bitte. Sie braucht Ruhe."

Die anderen sollen nach Hause gehen, sie können soundso nichts machen.

Else und Heinz verabschiedenden sich, weil sie noch einen Termin beim Yoga hatten, und Werner und Elfriede wollten sich kurz frisch machen und dann wieder kommen.

Heinz ging mit seiner Else zum Parkplatz, wo der Jeep parkte, nachdem sie Werner den Autoschlüssel von dem Mercedes gegeben hatte.
Als Elfriede an dem Platz stand, wo Else den Benz abgestellt hatte, war da nichts mehr zu sehen.
„Wo ist das Auto?", fragte Elfriede einen Pfleger,
der gerade eine Zigarette draußen rauchte.
„Die Karre mit dem Blechschaden, meinen Sie? Der ist schon vor Stunden abgeschleppt worden. Hier ist die Einfahrt für Notfälle und kein Parken für Schrottautos."
Beim Anblick auf Werner bemerkte Elfriede, das Dampf aus seinen Ohren kam. Dabei lief er dunkelrot an. „ELSE!" schrie er.
Heinz und Else fuhren gerade etwas weiter an den Beiden vorbei. Heinz hupte kurz und weil Elfriede und Werner aufgeregt mit den Armen gestikulierten, taten sie es ihnen gleich und winkten zurück.

Dann waren sie weg.

✳

Sabine - Müller - Yogaschule

Heinz beeilte sich nach Hause zu kommen, die Zeit wurde knapp. Else fragte: „Hast du deine Sachen denn schon gepackt für die Yogaschule?"
Heinz wusste genau, dass Else ihn testen wollte, aber diesmal hatte er vorgesorgt.
Er war nämlich einkaufen auf der Reeperbahn. Dabei war er in einen Sexshop gelandet. Er wurde sehr gut beraten, worauf die Mädels so stehen. Also nach zwei Stunden hatte er *eine Gummihose, sehr enganliegend, damit sein *Heinzi* zu sehen ist.*
Der Oberkörper sollte frei bleiben, damit seine grauen Brusthaare besser zur

Geltung kommen. Über der Brust spannte ein Kreuz, dass aussah wie eine Art Nietenhalfter.
Für den Hals gab es ein Stachelarmband und auch gleich fürs Handgelenk.
Auf seinen Kopf trug er eine Lederkappe, die super zu dem Outfit passte und ihn verwegen aussehen ließ. Handschellen wurden an den Nietengürtel befestigt und natürlich eine richtige Peitsche.
Er fand das zwar alles ein bisschen übertrieben, aber die junge vollbusige Frau meinte, so wurde er alle Frauen bekommen.
Er hatte zur Tarnung alles in eine Sporttasche gepackt.
„Ja klar, sagte er ganz gleichgültig. Ich habe alles in meiner Sporttasche gepackt."
„Super, dann können wir ja direkt los, wir sind eh schon spät dran. Ich möchte nicht bei der ersten Trainingsstunde zu spät kommen," argumentierte Else.
Schon ging es los.
Im Auto fragte Else:
„Hast du denn wirklich Lust auf Yoga oder machst du das nur für mich?"

„Ne, ich bin schon ganz heiß darauf auf die vielen neuen Abenteuer mit dir."
„Welche Farbe hat denn deine Sporthose?
Nicht, dass es peinlich wird," fragte Else noch.
„Schwarz, alles schwarz," antwortete Heinz wahrheitsgemäß.
Sie fanden in der Nähe einen Parkplatz und liefen gutgelaunt mit ihren Trainingstaschen Richtung Eingang.
Nach dem Klingeln ertönte ein Summer. Sie drückten die Tür auf. Es war ein Altbau, wo man zu Fuß in den dritten Stock laufen musste. Völlig aus der Puste kamen sie oben an. Else meinte völlig aus dem Atem:
„Also, wenn ich Leute aus der ersten Etage gekannt hätte, wäre ich lieber da rein gegangen. Meine Herren, ist das hoch."
„Du musst Else sein, lachte Sabine Else entgegen. Wenn du mit der Schule fertig bist, hast du mit Sicherheit mehr Kondition, versprochen."
Heinz dachte: *Ja ne, ist klar….."*

Die Haustür war eine schwere Holztür. Im Inneren sah es gemütlich aus, überhaupt nicht nach SM. *‚Wo sie wohl das Andreaskreuz hat, wo man die Mädels daran fesselt,* dachte Heinz. Sabine stellte sich vor und meinte, dass Else sich bitte da umziehen kann. Heinz führte sie in einen anderen Raum, wo er sich umziehen sollte. Sie erklärte beiden, wo dann der Raum ist, wo sich alle treffen. Eine Wendeltreppe hoch. Else dachte: *‚Noch eine Treppe, da ist man schon fertig, bevor man angefangen hat.'*
Sie war schnell umgezogen und ging die Treppe nach oben. Da saßen schon ein paar Teilnehmer. Ein kleiner Hund kam Else entgegen, der aussah wie ein aufgeplatztes Sofakissen mit vier Beinen. Er gehörte wohl zum Inventar. Heinz quetschte sich in seine enge Hose. Er legte sein ‚Heinzi' so, dass er Linksträger war und alle es sehen konnte.
Er legte die Nietenarmbänder an und seine Schnüre, die quer über die Brust liefen, knöpfte er zusammen. Jetzt noch die Mütze, Handschellen einklicken.

Die Peitsche nahm er in die Hand. Er war aufgeregt, keine Frage. Er kannte so etwas noch nicht. Er trat aus dem Raum. Kurz bevor er die Treppe raufgehen wollte, kam ein Mann aus einer Tür, wo Toilette draufstand.
Der Mann war nicht größer als eine Parkuhr. Mit offenen Mund starrte er Heinz an.
„Guten Abend," sagte Heinz, und weil der immer noch nichts sagte, fragte Heinz nochmal nach: „Soll ich mal Geld einwerfen, damit eine Stimme rauskommt?"
Er sah irgendwie anders aus als Heinz. Er hatte auf dem Kopf eine graue Schneise als Haaransatz. Seine Figur sah aus wie bei einem Schwein, das das Schlachtgewicht erreicht hatte. Er sah so quadratisch aus wie bei ‚Ritter Sport Schokolade Quadratisch, praktisch gut. Aus seinem Muskelshirt kam eine graue Lawine von Brusthaaren raus, die aussahen wie Lianen. Er stand immer noch wortlos da.
Oben hatten die Damen schon angefangen, um sich warm zu machen.

Sie waren gerade bei der aufgehende Sonne. Else stöhnte: „Das tut aber weh im Rücken, aaahhhh." Der kleine Hund erfreute sich bei Else und wedelte mit seinen Stummelschwanz. Else: „Du hast aber einen kleinen Schwanz, mein Süßer."

Das hörte Heinz und er wusste, er muss sich beeilen, sonst ist seine Else nachher bei einem anderen.

Als er oben war, sah er in eine Runde, wo nur Frauen den Gruß zur aufgehenden Sonne machten.

Alle erstarrten und schauten zu dem seltsamen Wesen, was gerade den Raum betreten hatte. Jetzt schauten alle zu Else, die sich jetzt erst umdrehte und erschrak: „AAAAAHHHHHH!"

Heinz meinte fassungslos:

„Warum seid ihr noch nicht umgezogen?"

Eine etwas ältere betuchte Dame schüttelte sich, als sie diese Riesenwurst in Heinz Hose entdeckte.

Sie war mit der Wurst auf Augenhöhe. Sie schrie: „weg, gehen sie weg, bloß weg damit, igitt, wie widerlich."

Bevor die Sache eskaliert, kam die Parkuhr die Treppe rauf und kniete sich neben der Frau, die gerade geschrien hatte. Er meine: „Du brauchst keine Angst haben, ich passe auf dich auf."
„Ach, meinte Heinz zu dem Mann, du kannst ja doch sprechen."
Die Frau drehte sich zu ihrem Mann um und sagte angewidert: „Du kennst diesen Mann, Friedrich, ich kenne dich so gar nicht, pfui."
Sabine erhob sich und meinte ganz ruhig: „Ich glaube, hier liegt ein Missverständnis vor. Wir sind hier beim YOGA."
Sie sagte das letzte Wort langsam, damit Heinz das auch versteht.
Sein Magen rebellierte wie bei einem Schleudergang.
Alle dachten das Gleiche:
„Vollzeitpeinlichkeit"
Heinz fragte Else: „Wieso hast du mich nicht richtig informiert, wo wir hingehen, dann hätte ich mich nicht zum Horst gemacht." Tränen stiegen in seine Augen. „Du hattest doch die Peitsche hinter den Kissen versteckt und hattest auf dem Zettel S.M.

Yoga geschrieben," maulte Heinz seine Else an.
Die Leiterin mischte sich jetzt ein.
Ich heiße Sabine Müller und das ist eine Yogaschule.
Yoga ist dafür da, gelenkiger zu werden.
Die anderen Frauen hatten sich gemütlich im Schneidersitz gesetzt und beobachteten das Schauspiel.
„Nun streiten wir hier doch nicht, meinte Sabine, ich gebe dir ein paar andere Klamotten und dann machen alle wieder mit."
Beleidigt zog Heinz ab und zog etwas Geliehenes an.
Die Sporthose war sehr eng hatte die Farbe von einer Kalbsleberwurst und in dem Shirt sah er aus wie eine Presswurst. Als er wieder den Yoga-Raum betrat schauten ihn alle an. Heinz lächelte gequält, weil er wusste, dass sein Bauch zum Bierbauch angewachsen war. Das Shirt hing mehr in der Luft. Sein Bauchnabel war zu sehen. Er meinte deshalb entschuldigend. „Ich hatte mal ein Sixpack, das stand mir aber nicht."

Else zischte ihn an: „Nun nimm endlich deine Matte und mach eine Brücke. Die anderen Klamotten tauschen wir wieder um, wie du aussiehst, nur peinlich."
Heinz versuchte eine Brücke, allerding verkehrt herum. Der Bauch hing jetzt unter der Brücke wie ein Hängebauchschwein. Da es eine ungewöhnliche Bewegung war, die sein Bauch nicht kannte, ließ er einen ziehen. „Oh, entschuldigt bitte, stammelte er leise und meinte zu Else. Das ist nichts für mich, ich warte draußen." Die Frauen rümpften ihre Nase. Die eine Dame von der Parkuhr meinte: „Ich werde gleich ohnmächtig, wie das stinkt."
Heinz hatte sich umgezogen und saß im Auto. Er wartete auf Else.
Er schwor sich, nie wieder etwas zu vermuten. Er wird ganz genau nachfragen, damit keine Missverständliche mehr aufkamen.
Die Seitentür ging auf und Else kam herein. Heinz wollte sich gerade entschuldigen, als Else meinte: „Mit dir wird es nie langweilig. Wir bringen deine Sachen zurück.

Wenn sie dir das Geld zurückgeben, gehen wir etwas essen, wenn nur ein Gutschein dabei rauskommt, kaufe ich mir Reißwäsche für dich, okay?"
Heinz war erleichtert und meinte:
„Was ist denn, wenn wir beides machen, Reißwäsche kaufen und essen gehen?"
Sie klatschten sich ab und fuhren los.

Leo

Da Werner und Elfriede mit dem Taxi nach Hause fahren mussten, weil ihr Auto ja abgeschleppt wurde, dauerte es alles ein bisschen länger. Sie duschten zogen sich schnell saubere Klamotten an, aßen ein paar Brote und sind mit dem Taxi wieder ins Krankenhaus gefahren. Oma Thiel wunderte sich nur, dass weder Heinz noch Else zu Hause waren. Vielleicht sind sie schon wieder im Krankenhaus, dachte sie.

Im Krankenhausflur kam ihr Ole entgegen. Sein Augen waren mit Tränen gefüllt. Keiner mochte etwas sagen. Werner sackte in sich zusammen, weil er dachte, seine Tochter hatte es nicht geschafft und Oma Thiel hielt den weinenden Ole in den Arm. „Leo ist da, er ist gesund," schluchzte er weiter.
„Was hast du gesagt," fragte Oma Thiel nochmal nach.
„Sie haben das Kind holen müssen mit einem Kaiserschnitt. Der Junge ist wohlauf. Bleibt aber noch im Brutkasten, eine Vorsichtsmaßnahme."
Oma Thiel fing auch an zu heulen: „Hast du das gehört Werner, das Kind ist da. Leopold ist da."
Werner stand wieder auf und umarmte seine Beiden. Unter Tränen meinte Ole: „Wir müssen ihn Leo nennen als Abkürzung von Leopold."
Alle lachten. Der Arzt kam raus und meinte: „Ihre Tochter ist über den Berg, es geht ihr besser, ist zwar noch geschwächt, aber sie dürfen kurz alle zu ihr. Ole nahm den schlafenden Nico von den Bänken und weckte ihn ganz vorsichtig.

Im Krankenzimmer lag Kathi und neben ihr war das leere Kinderbettchen. Aber es durften alle kurz den Kleinen durch ein Fenster sehen. Ole küsste seine Kathi und meinte: „Ich hatte so viel Angst um dich, tue das nie wieder, hörst du?"
„Versprochen," kam als Antwort.
Oma Thiel und Werner nahmen Nico zu sich mit nach Hause, damit Ole sich um die anderen Sachen kümmern konnte. Da sein Auto auch nicht da war, weil Else und Heinz damit unterwegs waren, blieb ihn nichts anderes übrig, als mit dem Taxi nach Hause zu fahren.

※

Wasserpfeife

Heinz hatte tatsächlich das Geld wieder bekommen und Else hatte noch

Reizwäsche in Rot gefunden. Sündhaft teuer, aber sie habe gemeint. Rot ist die Liebe. Da konnte Heinz nichts hinzuzufügen.

Dann hatte sie noch Strapse in Schwarz für Elfriede zu Weihnachten gekauft. Damit mal ihr Sexleben in Schwung kam und sie nicht immer so prüde war. Heinz nahm für Werner einen Porno mit. Der Titel:

‚*Die Bäuerin am Wannensee.*'

Dann sind sie in ihr Lokal gegangen, wo der Wein so lecker war. Vorher hatte Else aus dem Lokal noch Elfriede angerufen und gefragt, wie es Kathi ging. Diese großartigen Nachrichten waren fantastisch. Ein Grund zum Feiern. Nach dem Essen gingen sie in die Bar, weil Heinz wieder Wasser rauchen wollte. Dieses Mal haben sie ein Geheimrezept von dem Besitzer dieser Bar bekommen für Weihnachtskekse, die sie so angeregt aßen.

Else wollte die zu Weihnachten zu Hause backen. Die Stimmung wurde immer besser.

Else lachte Tränen über das Outfit, was Heinz beim Yoga getragen hatte.

Irgendwie fand sie ihn süß, weil er ihr alles recht machen wollte.
Es kamen etwas ältere Herrschaften rein. Else schaute strahlend zu ihnen hinüber. Heinz meinte:
„Else, der Linke wäre doch etwas für dich." Er sagte das, um zu sehen, ob Else immer noch anderen Männern hinterher schaute. Else gackerte und meinte:
„Heinz, die sehen aus wie bei einem Ersatzteillager und der linke Mann sieht aus wie aus dem zweiten Weltkrieg."
Dabei schwappte ihr Getränk etwas über den Rand ihres Glases. Heinz war glücklich. Deshalb fragte er im Übermut:
„Else, willst du mit mir zusammenziehen?"
Else überlegte und meinte: „Wo?" „Na, auf dem Hof Sonnenschein mit den anderen.
Elfriede und Werner, Kathi, Nico, Ole, Reinhild……"
„Reinhild!", schrie sie auf, weil immer noch eine kleine Eifersucht aufkam.
„Na ja, meinte Heinz. Wichtig ist doch nur, dass Elfriede und Werner,

du und Ich zusammen sind, wie immer.
Vier auf einen Streich.
Darauf stießen sie an und bestellten noch mehr Kekse und noch mehr zu trinken. Es wurde ein feucht fröhlicher Abend.

※

P*ssst*

Völlig betrunken sind beide in der Nacht noch mit dem Taxi nach Hause gefahren. Heinz konnte beim besten Willen nicht mehr fahren. Den Wagen, den er immer noch von Ole hatte, ließ er einfach stehen. Er dachte, dass er den am nächsten Tag mit Werner oder Ole abholen könnte.
Sie sind diesmal in Heinz kleine Wohnung in Souterrain gegangen,
weil sie keine Begegnungen mit Elfriede aufkommen lassen wollten.

‚Es war die schönste Nacht mit Heinz, dachte Else. *Er war so zärtlich und liebevoll wie noch nie. Ich glaube, ich könnte mich in ihn verlieben.'*
Morgens um 09:00 Uhr beim Frühstück kamen beide ziemlich verkatert in den Raum. Oma Thiel saß schon da und trank Kaffee. Der Tisch war gedeckt, Kaffee fertig, frische Orangen ausgepresst, Eier gekocht und frische Bötchen dufteten in der großen Wohnküche.
Sogar Sekt war in den Sektgläsern eingeschenkt.
Else hob gleich die Hand, und meinte: „Hast du auch etwas alkoholfreies da?"
Elfriede schaute sie an und antwortete: „Ja klar, schau mal im Wasserhahn, da dürfte noch was drin sein."
Else stand auf, holte sich ein Glas und drehte den Hahn auf, um frisches Wasser in ihr Glas zu füllen. Oma Thiel verdrehte die Augen, weil das ein Spaß sein sollte, deshalb fragte sie nach: „Was ist denn mit euch los?"
Heinz antwortete: „Es tut mir leid."
„Was tut dir leid," bohrte Elfriede nach.

Else gab die Antwort: „Es tut uns leid, hört sich immer noch besser an, als zu sagen, wir waren gestern Oberkannte, Unterlippe abgefüllt. Man hat unsere Reste von der Straße kratzen müssen. Verstanden?"

„Ach so, sagt das doch gleich. Ihr müsste in eurem Alter nicht mehr so viel trinken, das verkürzt das Leben. Bist du denn mit dem Auto von Ole gefahren? Der möchte sein Auto wiederhaben, Heinz. Kümmere dich bitte darum."

Heinz nickte nur und schlurfte seinen Kaffee.

Er mochte nichts essen, nicht mal sein heiß geliebtes Ei. Ihm war übel.

Es klingelte an der Haustür.

Als Oma Thiel öffnete, sah sie den gutgelaunten Ole. Er nahm sie freudestrahlend in die Arme.

Nach der herzlichen Begrüßung ging er in die Küche, um einen Kaffee zu trinken. Er rief: „Guten Morgen, ihr Lieben.

„Pssst, kam von beiden zurück. „Nicht so laut."

Sie hielten sich ihre Köpfe.

„Was ist denn los mit euch?"

Else meinte: „wenn ich dir das jetzt alles erkläre, was gestern passiert ist,
da kannst du auch gleich versuchen eine Glühbirne auszupusten. Kommt auf das gleiche an." Sie stand auf und meinte in die Runde: „Ich lege mich noch mal hin, bin nicht so gut drauf."
Heinz meinte: „Ich komme mit."
„Moment mal, ich möchte doch gerne mein Wagen wieder haben Heinz, wo ist es denn?"
„Oh ja, natürlich. Das habe ich stehen lassen. Komm, dann bringe ich dich eben mit meinen Wagen da hin." Heinz ging schon zum Auto. Nachdem Ole mehr den Kaffee runter gegossen hat, statt ihn genüsslich zu trinken, verabschiedete er sich bei Oma Thiel und rauschte auch schon wieder ab.
Oma Thiel räumte den gedeckten Tisch wieder ab, als das Telefon läutete.
Am anderen Ende war Werner, der wutentbrannt in den Hörer schnaubte mit den Worten: „Guten Morgen, gib mir mal Else bitte!"
„Guten Morgen, mein Liebling, die hat sich wieder hingelegt.

Es ging ihr nicht so gut." Das warum und weshalb verschwieg sie lieber.
„Was ist denn los?", fragte Elfriede nach.
Werner, immer noch auf hundert erklärte ihr, dass er sein Wagen von der Polizei abholen musste, 360,- Euro blechen musste, weil das Auto mitten in der Einfahrt zur Notaufnahme stand. Als er endlich das Auto ausgelöst hatte, fehlte das Licht hinten ganz. Es war einfach nicht mehr da. Und eine Beule hätte er auch noch in der Stoßstange. Wie lange hatte sie nochmal das Auto? Ein Jahr oder eine Stunde?
Die sollte lieber ihr Führerschein abgeben, Elfriede.
Das geht überhaupt nicht." Elfriede beruhigte ihn und meinte: „Viel wichtiger ist doch, dass es Kathi und Nico gut geht. Dann noch der kleine Leo. Werner, ein Auto kann man ersetzten, ein Leben nicht."
„Du hast ja Recht, Elfriede."
Als sie Werner wieder beruht hatte und aufgelegt hatte, rief Oma Thiel mich an.
„Hallo Conny, hast du Lust mit mir Weihnachtsgeschenke zu kaufen.

Dabei können wir in unseren Café
gehen. Ich habe dir so viel zu erzählen."
„Oh hallo, Oma Thiel. Das würde sich
gut treffen,
ich hatte eh vor dich zu fragen, was ich
so kaufen soll für euch. Ich habe keine
Ahnung. Ich wurde dann so gegen
Mittag bei dir sein, passt das?"
„Super, bis später."

✻

*K*ekse

Gegen Mittag holte ich Oma Thiel ab
und wir fuhren mit meinem Auto in die
Innenstadt.
Alles war schon beleuchtet für
Weihnachten. Kalt war es auch, nur der
Schnee ließ auf sich warten.
Wir setzten uns in unserem Café, weil
Oma Thiel meinte, wir sollten uns eine
Liste machen,
damit wir für die Geschenke keinen
vergessen und außerdem musste sie

mich auf den neusten Stand bringen, was so alles passiert ist.
Zwei Stunden später, war ich überrascht und um einiges Schlauer. Das mit Else und Heinz wusste ich zwar schon, aber das von Kathi natürlich nicht.
Wir marschierten gutgelaunt und eingehakt über die Weihachsmärkte und nahmen fast jeden Laden mit, um zu stöbern. Bei Else war ich mir nicht so sicher, was ich ihr kaufen sollte, also kaufte ich eine Creme mit Hyaluron für die junge Haut. Da wird sie sich freuen. Elfriede hatte sich einen Pullover aus Kaschmir von mir gewünscht, wo sie aber etwas Geld dazu gab, weil er ziemlich teuer war.
Für ihren Werner kaufte sie eine Armbanduhr.
Wir haben für alle etwas gefunden, sogar einen Strampler für den kleinen Leo, und so Minisöckchen als Stopper socken. Obwohl er noch nicht laufen konnte.
Gut gelaunt, aber kaputt ließ ich Elfriede vor ihrer Haustüre raus. Ich brachte ihr noch die Einkäufe ins Haus.

Ich verabschiedete mich mit den Worten: „Bis Weihnachten, ich freue mich."
„Ich freue mich auch, dass du kommst. Du gehörst doch zur Familie."
Oma Thiel beeilte sich, die gekauften Sachen in ihr Schlafzimmer zu bringen, wo keine Neugierige Blicke waren.
Am nächsten Tag schmückte Oma Thiel noch ihr Haus, damit es Weihnachtlicher aussah. Else, der es wieder besser ging, half ihr. Obwohl sie gerne anders dekoriert hätte. Aber sie hatten ein Abkommen. Oma Thiel hatte das Sagen an Weihnachten und Else durfte Sylvester alles schmücken, weil es eine große Party geben sollte.
Nach knapp zwei Wochen durfte Kathi mit ihrem Leo das Krankenhaus entlassen.
Nico war immer bei Werner und Ole hin und her gependelt worden. So hatte der Opa auch mal Zeit mit seinem Enkel zu verbringen.
Kathi musste sich noch schonen, aber Weihnachten würde sie auf alle Fälle dabei sein.

Sogar Mike aus den USA hatte sich angekündigt über Weihnachten und Neujahr zu kommen.
Kai wollte mit seinen Mann auch von Mallorca kommen und bleiben in einer Pension. Ganz in der Nähe von Oma Thiels Haus. Ob Ihr Son Manfred oder ihre Tochter Betty kommen, wusste sie nicht. Eingeladen waren sie. Aber beide hatten sich noch nicht dazu geäußert.
Heute war groß Kekse backen angesagt. Oma Thiel und das ist Tradition machte Spritzgebäck, so wie einst ihre Mutter das immer gemacht hatte. Dann gab es noch Butterplätzchen, weil Conny die so gerne mochte, und Else hatte ein neues Rezept für ausgewöhnliche Weihnachtskekse. Wir waren gespannt. Es roch lecker in der Küche und im ganzen Haus. Oma Thiel naschte immer vom Teig, weil der so lecker war. Die Kekse von Else sahen ein bisschen komisch aus, deshalb dekorierte sie die mit Eigelb und Streusel. Dann sahen sie besser aus.
Es gab noch Kokosmakronen als krönenden Abschluss. Heinz kam mal in die Küche, um zu naschen,

bekam aber gleich was auf die Finger
mit den Worten: „Erst am Heiligen
Abend." Da waren sich Oma Thiel und
Else einig.
Einen Tag vor den Heiligen Abend
schneite es sogar. War das schön.

※

Heiligen Abend

Endlich war es so weit. Die große Tafel
war festlich geschmückt. Alle hatten sich
sehr elegant gekleidet. Der große
Weihnachtsbaum, den Ole, Heinz und
Werner besorgt haben war in Rot
geschmückt. Rot, weil es so viel Liebe
heute gab, wie lange nicht mehr.
Es gab einen Gänsebraten, den Oma
Thiel ganz allein gemacht hatte, damit ja
nichts schief ging.
Rotkohl, auch selbstgemacht und Klöße.
Zum Nachtisch ein Schokoladen Soufflé.
Es waren fast alle da:

Oma Thiel und Werner
Kathi, Ole, Nico und Leo
Heinz und Else
Kai und Ulli
Mike
und ich, (Conny) durfte auch dabei sein.
Es wurde gelacht, geschmaust und alle hatten gute Laune.
Oma Thiel war nachdenklich geworden, weil zwei ihrer Kinder nicht gekommen waren. Sie dachte, ‚*wenigstens Weihnachten könnte man das Kriegsbeil doch begraben, schade.*'
Nach dem Essen wurde Bescherung gemacht. Natürlich durfte Nico als erstes alles auspacken. Er bekam nagelneue Reiterklamotten und eine neue Gerte. Heinz schaute sich die Gerte verwundert an. Er schämte sich sogar ein kleines bisschen für seine Gedanken, aber nur ein bisschen. Für Leo wurden die Geschenke ausgepackt. Nico hatte für seinen keinen Bruder ein Schildkröten – Mobile gebastelt. Alle waren begeistert. Als Werner sein Geschenk von Heinz auspacken wollte, gab es erst einmal für alle Kekse.

Alle schmecken, sogar die von Else.
Nico half seinen Opa, seine Geschenke auszupacken. Sie sind in letzter Zeit richtig zusammengewachsen. Als er das Video auspackte und las:
„Die Bäuerin von Wannensee," fragte der Kleine gleich nach. „Du Opa, den können wir doch zusammengucken, vielleicht mit Oma?"
Werner verstand nicht, was das für eine DVD war. Er sah nur Vollbusige Frauen, die ihre Finger schleckten.
Oma Thiel verstand das sehr wohl und riss Werner die DVD aus der Hand, schaute drauf und ließ die DVD in der Schublade verschwinden. Damit der Junge nicht mehr nachfragte, gab sie ihn kurzerhand ein Geschenk von sich, damit er abgelenkt war. Nico bemerkte das kleine Ablenkungsmanöver nicht und riss das neue Geschenk auf. Er zog eine Art Gummiband aus dem Päckchen. Oma Thiel wurde knallrot. Kathi nahm Nico das sofort aus der Hand. Ole lenkte ihn geschickt ab und meinte:
„Nico, wenn wir alle zusammenziehen,

bekommst du ein eigenes Pferd. Es ist schon bestellt, dauert aber noch ein bisschen. Er zeigte Nico ein Bild.
Der umarmte Ole, vergas den Porno und die Strapse und meinte: „Danke Papa."
Ole liefen die Tränen über die Wangen, über diese Worte. Auch Kathi hatte Tränen in den Augen. Else bedankte sich bei mir über die Pickelcreme. Ich klärte sie danach erst mal auf, dass es eine Creme war, was sie jünger aussehen ließ. Das fand sie jetzt richtig gut. Sie schenkte mir ‚*Gleitcreme.*'
Keine Ahnung, was sie sich dabei gedacht hatte. Ich sagte nichts und packte sie in die Schublade, wo schon der Porno und die Strapse lagen. Ich grinste und dachte: ‚*Da ist noch Platz in der Schublade.*'
Es gab die nächste Runde Kekse und Espresso Spezial mit Sambuca. Es wurde immer lustiger. Else schenkte ihren Freund eine dicke Kette in Gold. Als Heinz sie umband und sein Hemd aufknöpfte, sah er aus wie ein Zuhälter. Gott, was war das alles lustig.
„Kekse gefälligst!" Else brachte schon die dritte Schüssel der leckeren Kekse.

Sie war stolz, dass man ihre Kekse auch mochte.
Werner freute sich über die Armbanduhr von Elfriede wie ein kleiner Junge.
Else bekam von Elfriede einen Gutschein vom Sexshop. Sie lachten beide und Else meinte: „Wir haben deckungsgleiche Vorstellungen."
Es klingelte an der Tür. Betty mit ihrem Sohn Nils und Manfred mit seiner Frau und Tochter Nele standen vor der Tür.
Oma Thiel glühte und freute sich doch noch alle zu Weihnachten zu sehen.
Man verteilte Geschenke und Kekse.
Die waren in diesem Jahr der Schlager.
Die Runde war groß und gemütlich.
Werner überreichte seiner Elfriede eine dezente goldene Kette mit einem Herz, wo das Datum draufstand, wo sie sich kennengelernt hatten, und ihr Lieblingsparfüm.
Elfriede war gerührt.
Werner sagte in seiner guten Laune: „Sage mal Else, bei deinem Fahrstiel solltest du deinen Führerschein lieber abgeben." Dabei lachte er sich halbschlapp.

Else antwortete verwundert: „Fürs Autofahren habe ich gar keinen Führerschein." Werner guckte Else an, dann Elfriede, dann in die Runde und alles lachte und bekam sich gar nicht mehr ein. Werner meinte: „Beinah hätte ich dir das geglaubt, ha, ha, ha."
„Das kannst du auch. Ich hatte noch nie einen Führerschein für ein Auto, nur für das Motorrad."
Werner, der die meisten Kekse gegessen hatte, leierte nur noch, als wenn er zu viel getrunken hätte.
Ich war noch besser drauf, und räumte Sachen weg. Dabei fiel mir ein Rezept auf, wo Weihnachtsplätzchen draufstand. Darunter in klein, kaum zu lesen:
‚Vorsicht Haschkekse'
Behutsam ging ich wieder in die Stube, nahm die restlichen Kekse von Else und tauschte sie mit Keksen von Oma Thiel aus.
Dann ging ich zu Else und fragte sie, ob sie das wüste. Sie schrie nur:
„War das ein Spaß, 20 Prozent auf alles!"

Ich fragte nur noch mal nach. Da kam mir aber Heinz in die Quere, der sich umständlich auf seine Knie schmiss und Else fragte: „Else, willst du meine Frau werden?" Dann kam noch ein Bäuerchen hinterher. Er klappte die Ringschachtel auf.
Else war völlig high. Morgen weiß die von nichts mehr.
Sie meinte:
„Jetzt?"
Heinz taten die Knie weh, er wollte aus der Lage wieder raus, deshalb sagte er:
„Ja, jetzt oder nie!"
„Ok, dann jetzt, kriege ich jetzt diesen Ring, den du schon eine Ewigkeit in deinem Nachschrank aufbewahrst?"
„Ups, das sollte doch keiner wissen", kam kleinlaut aus Else.
Aber das hörte Heinz nicht mehr, es störte ihn auch nicht.
Ole und Manfred halfen Heinz wieder auf die Beine.
Der Abend wurde noch feucht und fröhlich. Bei der Verabschiedung der Gäste, die eine Ewigkeit dauerte, meinte Else nur:

„Wenn die sich noch länger verabschieden, können die auch gleich hierbleiben und Sylvester mit uns feiern, hicks."
Dann nahm sie ihren zukünftigen Ehemann und ging mit ihm in seine Wohnung. Engumschlungen schliefen sie ein. Werner schlief schon im Bett von Elfriede und ich und Ole versprachen nächsten Tag zu helfen zum Aufräumen.

✻

Vorsätze

Die Weihnachstage waren noch geruhsam ausgeklungen. Ole und ich halfen noch am nächsten Tag beim Aufräumen, wie versprochen. Else war zwischen den Jahren mit Heinz losgefahren, um Deko für Sylvester zu kaufen.

Else meinte: „Bleigießen ist Pflicht und kleine Schweinchen als Glücksbringer, auch kleine Schornsteinfeger durften nicht fehlen. Ein paar Raketen und Tischfeuerwerk.
Luftschlangen und Girlanden waren auch dabei. Als der Tag endlich näherkam, dekorierte Else und Heinz alles allein. Ich half Oma Thiel in der Küche bei den Vorbereitungen zum Essen. Sie wollte unbedingt, dass ich meinen Kartoffelsalat mache. Der schmeckte allen am besten.
Es gab Frikadellen und Würstchen. Verschiedene Salate, wie Nudelsalat und Grünen Salat. Einen Obstsalat gab es und verschiedene Dips wurden auch selbst gemacht. Weil Weihnachten schon so geschmaust wurde, wollten sie jetzt mehr ein einfaches essen. Trotzdem wurde, noch eine Käseplatte und eine Fischplatte fertig gemacht. Sogar Kuchen hatte Oma Thiel noch gebacken.
Die Gäste am Sylvester waren:
Werner und Elfriede als Gastgeber.
Kai und Ulli aus Mallorca.
Else und Heinz.

Kathi, Nico, Leo und Ole.
Betty mit ihren Sohn Nils
Sogar Reinhild dürfte kommen.
Elfriedes Nachbarin und Rudolph mit ph, aus dem Heim, der schon mit der netten Nachbarin angebändelt hatte.
Kai blieb mit seinen Mann auch noch über Sylvester
und ich, die Conny durfte natürlich auch nicht fehlen.
Als abends die Gäste alle kamen, bekam jeder ein Hütchen mit einer Spitze auf den Kopf und ein paar Luftschlangen um den Hals. Eine Tröte bekam auch jeder. Die Musik spielte deutschen Schlager im Hintergrund. Da hatte sich Werner drum gekümmert. Else hatte Luftballons vergessen, also musste sie improvisieren.
Als alle nach dem Sektempfang begrüßt worden waren, wurde gegessen.
Danach wurde jede Person nach ihren guten Vorsatz gefragt.
Ich musste anfangen:
„Ich werde mir im Januar die Winke Arme und die Beine operieren lassen.
Else fragte mich gleich, ob ich gestürzt sei.

Nein, das ist eine Schönheit – OP.
Da wollte Else alles drüber erfahren.
Dann kam auch schon Oma Thiel, sie wollte fitter werden, genauso wollten Heinz und Werner abnehmen. Ole wollte das Projekt: Sonnenschein fertig machen und da einziehen.
Als Else gefragt wurde:
„Else, was ist denn dein Vorsatz für das nächste Jahr?", meinte sie: „Ich werde mit dem Rauchen aufhören."
„Wieso, fragte Oma Thiel nach, du rauchst doch gar nicht?"
„Eben, darum ja, das kann ich auch einhalten!" Alle lachten.
Dann zog Else an eine Schnur und die Luftballons flogen aus dem Bettlaken nach unten. Die Kinder waren begeistert und spielten auch gleich damit. Oma Thiel meinte: „So große Ballons habe ich noch nie gesehen?"
Ich schaute mir die genauer an und meinte:
„Ich auch nicht, Oma Thiel, ich auch nicht. Wenn ich es nicht besser wüsste, würde ich sagen, dass sind auch keine Luftballons."

Oma Thiel guckte sich das jetzt genauer an. Sie wurde kreidebleich, weil sie jetzt die leeren Packungen entdeckte, die zur Verhütung von Geschlechtsverkehr schützen sollte. „**ELSE!!!!**", rief Oma Thiel. Die stand aber mit den anderen im Garten und alle zählten runter: 7,6,5,4,3,2,1,

„**Prost Neujahr 2025**"

Ende

Ich wünsche allen ein gesundes neues Jahr 2025!